LOUIS HERBETTE

PARCELLES DE VIE

EXTRAIT

DE LA *Nouvelle Revue* DES 15 SEPTEMBRE ET 1ᵉʳ OCTOBRE 1899

AUXERRE

IMPRIMERIE ALBERT LANIER, 43, RUE DE PARIS

1899

PARCELLES DE VIE

LOUIS HERBETTE

PARCELLES DE VIE

EXTRAIT

DE LA *Nouvelle Revue* DES 15 SEPTEMBRE ET 1ᵉʳ OCTOBRE 1899

AUXERRE

IMPRIMERIE ALBERT LANIER, 43, RUE DE PARIS

1899

PARCELLES DE VIE

De nos jours, tout va d'une vitesse croissante. La vapeur est déjà trop lente ; on en est à l'électricité. La vie humaine — avec quelle variété de phénomènes et quelle intensité de forces ! — s'étend en tous sens. Elle prend possession du globe tout entier et met en communication les multiples familles composant l'espèce. Tout à la fois s'accélèrent ses mouvements et s'allonge sa durée moyenne. Ou plutôt, rien ne semble plus long, comme rien n'est plus loin sur Terre.

Grâce aux inventions modernes, tout se relie, se touche, se pénètre, et la science rend présent le passé même le plus lointain. Impressions et idées, sentiments et passions comme besoins et intérêts se répercutent partout. Par voies de terre, de fer ou d'eau, en attendant les voies d'air, par la parole parlée ou écrite, par la production et les échanges, par la liberté et la publicité, par photographie, télégraphie, phonographie et le reste, s'établissent des fonctions, un organisme, un système nerveux communs, entre individus et groupes d'origine et de régions différentes.

Les frontières et les séparations même naturelles s'effacent. Les océans font chemin et non pas obstacle. La distance n'est plus qu'un simple rapport de temps dans la transmission des mouvements. Par la lutte et la concurrence, premières formes de l'action mutuelle s'élabore la vie universelle avec l'âme nouvelle de l'humanité. Et que sera-ce quand, par la transformation tant rêvée, cette humanité saura se mouvoir librement dans l'espace, et deviendra ainsi à demi sidérale? Car ne semble-t-il pas qu'elle essaie déjà ses ailes, comme l'insecte parvenu à complet développement et déjà prêt à s'envoler ? Qui sait si bientôt elle ne tournera pas autour du globe comme un oiseau autour de sa volière ?

Comment donc se désintéresser du sort les uns des autres ? A défaut de fraternité, solidarité oblige. Quelle cause de faiblesse ou d'ignorance, de déchéance et de destruction ne risque pas de faire souffrir chacun des souffrances d'autrui ? Quels moyens de connaissance, de développement, de puissance, auxquels on puisse rester indifférent d'un pays ou d'un continent à l'autre ?

Quelque situation géographique, sociale ou autre et quelque destinée personnelle qu'il faille subir, étant lié à ses semblables, comment ne serait-on pas endettés envers eux de tout le bien qu'on peut leur faire ? Or, nos semblables aujourd'hui sont partout ; et les recherches, les besognes les plus diverses ne peuvent rester sans utilité pour le patrimoine collectif.

Puisque la vie se dépense et meurt constamment en efforts, en actes, en épreuves, puisque nos impressions et nos pensées sont comme de la chaleur et de la lumière, de la douleur ou de la joie transformées, pourquoi jeter la fleur et le fruit de notre expérience cueillis en cours de route, à travers les lieux, les temps et les événements parmi lesquels nous cheminons ? Ces parcelles de notre vie, ces fragments de notre être n'appartiennent-ils pas à ceux qui nous ont précédés et formés, comme à ceux qui nous succèdent ?

Et comme l'urgence et la multiplicité des tâches qui s'imposent à chacun, la spécialisation et la complication graduelle de toutes connaissances, l'encombrement des matériaux qui s'accumulent toujours, engagent à réduire au moindre volume le bagage, les provisions et munitions de route, c'est en notes brèves et en feuillets détachés que l'on présente le carnet de voyage ci-après.

De la psychologie, alors ? Laissons les mots techniques et le jargon d'école. La démocratie et la liberté impliquent apparemment qu'il y ait par tête une intelligence instruite ; elles ne l'exigent pas érudite. Pourquoi ne pas exprimer dans le langage de tout le monde ce que tout le monde peut ressentir ? C'est de réalités et de vérités vivantes qu'il s'agit, non de langues mortes et de formules compassées. La plus sûre psychologie, comme la meilleure réthorique, ne serait-elle pas celle que l'on fait sans le dire, sans le vouloir peut-être, sinon sans le savoir ?

Dans ces pages, comme en celles d'un herbier, qu'on veuille bien prendre ce que l'on a vu soi-même dans les chemins qu'on a suivis ; et si l'on retrouve des impressions qu'on ait vécues, que l'on garde indulgence pour les autres.

Louis HERBETTE.

I

C'est en aimant les gens qu'on les rend plus dignes d'être aimés.

S'il est une supériorité qu'on pardonne à autrui, c'est celle du cœur, parce qu'on en profite.

Assurément, un homme au cœur sensible jouit des délicatesses qu'il a pour les autres. Mais il souffre de celles qu'ils n'ont pas pour lui.

De combien alors la souffrance l'emporte, si les autres ne sont pas semblables à lui ! Mais il aime encore mieux souffrir que d'être semblable aux autres.

Il faut parfois plus de générosité pour prendre part au succès qu'au malheur d'un ami. C'est que même sans égoïsme volontaire et même pour ce qui n'intéresse qu'autrui, il est si difficile de ne pas faire retour sur soi-même '

Rien n'est loin pour qui pense. Nul n'est absent pour qui l'aime.

Quelle douceur de pouvoir se communiquer à un être intelligent et bon ! En s'ouvrant à lui, on pénètre en lui. En se donnant, on acquiert un soi-même meilleur que l'autre !

Qui aime possède autant qu'il est possédé.

Le spectacle des jouissances auxquelles on n'est pas associé ne peut qu'attrister ou irriter, puisqu'il en donne le désir non satisfait ou le dégoût non partagé. Exception, — exception admirable, — pour celui qui aime, puisque par l'affection l'autre c'est lui.

Ce qui contribue à rendre inlassables les amoureux dans leurs entretiens, c'est que d'instinct, pour s'ouvrir et se donner plus entièrement l'un à l'autre, — ils se parlent tout le temps d'eux-mêmes.

D'ailleurs, dans l'amour, le soi-même de chacun n'est-ce pas lui et l'autre ?

Soit de corps ou d'âmes, l'affection veut le contact mutuel. En amitié, comme en amour, il faut qu'on se touche de cœur et de cerveau.

L'être aimant va en pensée au devant de l'être aimé : et s'ils s'aiment vraiment, il semble que les pensées se rencontrent à mi-chemin.

Demandez plutôt à deux vrais amis ou à deux vrais amoureux qui se parlent ou qui se taisent, se trouvant séparés dans des pièces contiguës. — Eux séparés ? Simple apparence. Gageons qu'à quelque moment, après un intervalle de silence, l'un répondra à

ce que l'autre n'aura pas dit. Ils reprendront leur entretien tout
haut, sans avoir cessé de s'entendre tout bas.

Quelle indicible jouissance, quelle puissance mystérieuse en cette
communion, en cette double unité de vies, qui pourra devenir
multiple si l'on est plusieurs à s'aimer avec assez d'intensité.

Ne semble-t-il pas que chacun s'accommoderait sans peine, en tels
instants, de continuer ou d'achever de vivre tout entier dans
autrui, — deux en un, — c'est-à-dire de mourir soi pour survivre
ou revivre un autre ?

Serait-ce là le moyen pour l'individu, comme pour la collectivité,
de parvenir à la perpétuité par l'amour; la victoire de l'être même
simplement humain sur la douleur et la destruction : la suppres-
sion des limites du temps et de l'espace, l'avènement graduel à la
conscience, à l'identité universelle ?

— « Aimez-vous les uns les autres » ! — Pourquoi ne serait-ce
pas le secret de la vie éternelle, mystère si naturel en son immense
profondeur et solution si claire pour les simples, à laquelle seraient
forcées de revenir les intelligences les plus raffinées, égarées par
l'orgueil dans l'égoïsme ?

Pour vivre et se survivre par les autres, comme pour faire vivre
et survivre les autres en sa personne, on n'a encore trouvé qu'un
moyen : les aimer. Tout le reste n'aboutit qu'à l'isolement, à la
stérilité, à la destruction de soi et d'autrui.

Souvenir ! Source de la vie consciente, consolation de ceux qui
souffrent, force de ceux qui pensent.

Par toi, le passé n'est que du présent amassé; nos instants
successifs font un être durable, et la mort même est la perpétua-
tion de la vie.

Les hommes, ces ambitieux de vie que l'impatience rend ingrats
te préfèrent l'espérance : et c'est de toi pourtant qu'elle naît,
comme l'avenir naît du passé. Tout ce que nous avons et tout ce
que nous sommes, ce n'est pas toi qui nous le gardes seulement,
c'est toi qui le fais. Tu ressuscites, tu crées en nous sans cesse ce
que nous aimons et ceux qui nous sont plus chers que nous-
mêmes.

Par toi, la pensée et l'affection sont plus fortes que la mort, et
l'homme est maître de ce qui est l'éternité pour lui, — l'immortalité.

Rappeler son passé, c'est faire vivre encore en soi ceux qui y ont été associés. Aimer ceux qui ne sont plus, c'est conserver la part de notre vie à laquelle ils ont été mêlés.

Oublier les autres, c'est donc se suicider, et les évoquer, c'est se ressusciter.

———

Vivre sans espérer ! Ne serait-ce pas cesser d'exister à chaque moment ? Une succession d'agonies. Ce n'est pas la vie, c'est la mort qui durerait trente, quarante, cinquante ans et plus.

Mais espérer pour soi-même, — placer, comme on dit, ses espérances sur sa propre tête, — est-ce possible en certains états de santé, d'âge et de destinée, après les inévitables, les irrépara-bles pertes de bonheur ?

Pour que la vie reste tolérable, il faut donc espérer au nom et pour le compte d'autrui, espérer en d'autres et par d'autres. Et il faut que cela « revienne au même » — pour soi.

Or cela a un nom, toujours le même : aimer.

———

C'est surtout par la pensée des maux dont on a préservé autrui que l'on se console de ceux dont on souffre.

———

Se sentir homme devrait suffire pour être bon. Humanité, bonté, admirable synonymie.

———

Le grand secret de la bonté ? — Savoir « se mettre à la place des gens ». — Etant autrui en imagination, comment ne serait-on pas bon pour lui ?

———

Axiome courant : « Si j'étais heureux, je serais meilleur ». — Vous seriez plus accommodant peut-être ; mais meilleur, en êtes-vous bien sûr ?

Si vous étiez ce qu'on appelle heureux, si vous jouissiez pleine-ment de votre vie, vous ne feriez probablement rien d'autre que de vous laisser vivre. Voyez plutôt les mœurs et les caractères des habitants des pays trop favorisés.

D'abord, comment compatir aux souffrances qu'on ignore ? Etre bon pour autrui, c'est sentir avec lui.

———

C'est par les points où l'on a souffert qu'on devient sensible à la souffrance d'autrui. Vérité que ne devraient pas oublier éducateurs et gouvernants, orateurs, poètes, philanthropes, et tous ceux qui veulent émouvoir le public.

———

Se fait égoïste et dur celui qui ne souffre pas, même avec douceur et générosité apparentes. Sans douleur, pas de bonté. Mais combien de gens ne savent pas plus tirer bonté de leur propre douleur que de celle d'autrui.

———

Il n'est pas d'homme si dur qu'on ne puisse l'attendrir en lui parlant de lui.

———

Homme délicat, — animal à peau fine, toujours en peine parmi ces bêtes à carapaces ou cuirs durs qu'on appelle les égoïstes. Et pas d'illusions ! Au milieu d'eux, l'anormal, l'illogique, le ridicule, c'est lui.

———

Egoïsme, — solitude d'un homme au milieu des autres.

Or seul, on n'arrive qu'au dégoût de ce qu'on est et de ce qu'on a ; et même, l'on n'a et l'on n'est rien en réalité que par opposition à d'autres. On ne peut donc se passer des autres, même pour jouir de ce qu'on a conquis sur eux.

Qu'on sache s'y résigner : on n'est, on ne sera jamais heureux *un seul*. On peut être heureux deux, — pourvu qu'on ne fasse qu'un, il est vrai, — et heureux plusieurs, en s'unissant, par affection

Il faut que l'homme se fasse, comme il a représenté son Dieu, un en plusieurs personnes.

———

Si les gens n'étaient sottement enfoncés dans l'égoïsme, ils s'aviseraient que la grande affaire de la vie n'est pas tant d'être aimé que d'aimer.

Etre aimé stimule les qualités, mais suscite des défauts. Et c'est aimer qui fait penser, qui fait agir, qui rend généreux et bon.

———

Le plus douloureux, quand on est obligé de combattre des égoïstes, des fourbes, des malveillants, c'est de risquer de leur ressembler. Et le plus dangereux est de ne pas s'apercevoir qu'on leur ressemble parce qu'on les combat.

———

Cruellement fastidieux pour tout le monde, l'égoïste, — à moins qu'il soit exaspérant.

Lui, toujours lui, rien que lui !

Somme toute, ce qui dans les autres intéresse vraiment chacun, c'est l'image même transformée ou déformée de lui-même. Et qu'est-ce que tout le monde, sinon une collection de chacuns ?

L'égoïste expérimenté a donc soin de se déguiser en altruiste. A tous, il témoigne cette bienveillance de surface qu'on appelle la politesse et cette affectuosité apparente qui se nomme amabilité.

La gaieté d'un égoïste a toujours un fonds d'amertume.

L'intelligence des égoïstes ? N'y croyez pas, — pas plus qu'à la bonté des sots.

Ne songeant qu'à soi et à ce qu'il peut tirer des autres, comment un égoïste aurait-il des vues larges ?

Ne voyant qu'à ses pieds et contemplant son encombrante personne, comment un sot aurait-il des pensées et des sentiments de reste pour autrui ?

Ce qui nous exaspère le plus dans l'égoïsme des autres, c'est qu'ils ne semblent pas admettre que nous puissions avoir le nôtre aussi. La vraie punition d'un égoïste est donc de se heurter à un de ses semblables, et c'est la consolation des braves gens ; car s'ils n'étaient défendus et vengés que par eux-mêmes !.....

De celui qui ne fait rien pour les autres, que dit-on, se mettant à sa place ? — « Pour ce que sont les hommes, il a peut-être raison. » — Mais de celui qui s'épuise pour le bien d'autrui : — « Il aurait dû faire plus pour moi, étant donné ce qu'il est et ce que je suis. Il a tort ». — De fait, l'égoïste est « un homme comme les autres ». Cela ne trompe et n'étonne personne. L'altruiste fait le Dieu. Noblesse oblige.

Optez donc, cher semblable. Être altruiste pour l'amour des autres. quelle naïveté ou quel courage ! Pour l'amour de soi, ce serait encore de l'égoïsme. Reste à l'être pour l'amour du bien. Mais si c'est faire le Dieu, mon pauvre ami, songez que Dieu sur terre, c'est le calvaire.

Réaliser en bien la plus grande somme d'Être possible, voilà l'objet évident de la vie.

La réaliser dans une individualité unique, voilà l'égoïsme. La réaliser dans les autres, voilà l'altruisme. Avouons que, pour un animal social tel que l'homme, il est prudent de combiner les deux systèmes, et de viser au mutualisme en travaillant les uns pour les autres.

Qui ne met pas l'humanité en soi se met hors de l'humanité.

II

Arriver ! A la fortune, à la santé, à l'amour, à la réputation, au pouvoir, au repos, que sais-je ? On passe sa vie à vouloir arriver, et l'on est surpris de ne jamais se sentir arrivé.

On a beau parvenir à ce que l'on souhaitait, toujours il faut repartir à la poursuite ; car il n'est pas de but qui ne cesse de se déplacer dans le mouvement de toutes choses, et il semble que l'on ne puisse arriver que mort. Et alors, est-on au bout ? L'insurmontable impression que donne la mort n'est-elle pas encore celle d'un départ pour quelqu'au delà ?

Certes non, personne n'est jamais arrivé, parce que rien ne s'arrête : et c'est ce qui sauve tout.

———

A un homme heureux, on se hâte de faire compliment — comme on le ferait à un ministre qui arrive ou à une jolie personne qui va se marier — avec cette pensée : « Cela ne dure pas ».

Pour un peu, l'on regarderait l'heure qu'il est. Mais l'intéressé croirait volontiers que c'est afin d'arrêter l'horloge. Car, dans sa conviction, il n'y a pas de raison sérieuse pour que cela ne dure pas.

———

Il faut beaucoup d'imagination et de volonté pour se croire longtemps heureux du même bonheur. Il n'est jamais le même, puisqu'il dure.

———

Sentir qu'on ne parviendra pas au bonheur ardemment désiré, quel trouble ! Moins troublant peut-être que de ne pas se sentir heureux du bonheur auquel on se croyait parvenu.

———

Combien de fois dans la vie — triste et pourtant consolante constatation — ce qui nous réjouit risque de nous perdre, et ce qui nous désole nous sauve.

———

La vie t'ennuie ? Va voir ceux qui souffrent, et soulage-les. Peut-être te trouveras-tu ainsi dispensé de souffrir toi-même pour te guérir de l'ennui.

———

On désire être heureux ; on croit l'avoir été. Illusions dans le souvenir, comme dans l'espérance ; et c'est de ces illusions-là qu'on vit. .

———

Un avantage nous échoit ? C'est tout simple. Il faut bien qu'il y ait une justice.

C'est un désavantage ? — « Eh ! mon cher, quelles circonstances, quels hasards extraordinaires ! C'est le renversement de toute raison : c'est l'exception la plus exceptionnelle ?

La règle, la loi, c'est notre bien. Et ce qui nous est contraire, illogisme, anomalie, iniquité.

Tout rapporter à soi, histoire monotone, à force d'être éternelle.

———

Comment pourrions-nous être de bon compte avec la destinée ? Nous comptons comme simple paiement de notre dû tout ce qu'elle nous donne d'avantageux ; nous nous considérons comme volés de tout ce qu'elle nous reprend et même de ce qu'elle se borne à nous refuser.

C'est nous condamner nous-mêmes au déficit et mettre d'avance notre vie en faillite.

———

Si l'on savait combien de fois on passe à côté des bonheurs qu'on poursuit ! Mais si l'on savait combien de fois on cotoie les pires malheurs !...

Mieux vaut décidément ne pas trop voir à côté.

———

On dit aux gens : « Cachez votre bonheur ». Mais nul ne se trouve heureux s'il ne le parait à quelque autre. Au bonheur le plus secret, le bonheur d'amour, il faut au moins un témoin. Dans ses extases, le solitaire prend Dieu pour spectateur.

Se sentant trop seul dans des émotions trop fortes, on se dédouble en monologues.

Même pour pratiquer l'égoïsme, on ne peut se passer d'autrui.

———

— Je ne désire, dis-tu, rien que de possible, et je n'y parviens pas. — Si tu y parvenais, c'est l'impossible que tu désirerais. En serais-tu plus heureux ?

C'est la limitation de nos forces qui maintient notre équilibre et sauve notre raison. Comme tout corps ne résiste qu'à une certaine pression, toute intelligence ne supporte qu'une certaine somme de pouvoir.

Pour rendre absurde un homme de bon sens, on n'aurait qu'à lui accorder tout ce qu'il désirerait de raisonnable ; car aussitôt son désir irait au déraisonnable.

C'est pour l'éternité qu'on veut posséder ce qu'on désire ; et combien de temps garde-t-on le désir de ce qu'on possède ?

Nombre de qualités et de défauts ne se manifestant que dans l'adversité. il est logique que, par le langage courant, épreuve soit devenu synonyme de malheur.

Mais puisque tant de défauts et de qualités n'apparaissent que dans la prospérité. épreuves aussi sont les succès ; et comment la langue commune ne le reconnaît-elle pas ?

C'est apparemment que les gens considèrent comme dû le bien qui leur échoit : et comme indûment infligé le mal dont ils souffrent. Conception naïve que l'expérience modifiera peut-être, en quel siècle ?

Comment ne fait-on pas quelquefois le soir cette réflexion ? — « Voici ma fin rapprochée d'un jour. De combien ai-je approché de mon but ? » Car il faut bien un but et même plusieurs successivement pour « savoir se conduire » jusqu'au bout.

Mais on ne veut pas savoir où l'on va, sous prétexte qu'on ignore quand on s'arrêtera.

Ne raillez pas le malheureux qui fait des projets, même inexécutables. Il réalise en rêve ses espérances, et c'est l'art instinctif d'étendre la vie.

L'homme enfermé dans la destinée la plus bornée est comme le prisonnier qui dessine un lointain sur le mur de sa cellule. Libre il se fait. comme il se fait grand, comme il se fait heureux, par l'idée.

Et ne sait-on pas se rendre malheureux en idée, même alors qu'on dispose de réels moyens de bonheur ?

Gaieté, manifestations de joie auxquelles on s'abandonne, les uns au regard des autres, à quelque moment et sur quelque sujet que ce soit. Art de se persuader à plusieurs qu'on est heureux de vivre.

Gens d'imagination et de bon cœur, de climat agréable et de sociabilité facile, comment les Français n'excelleraient-ils pas à cet art ? C'est leur nature.

La gaieté — cuirasse la plus impénétrable sous laquelle puisse s'abriter le cœur, soit qu'il jouisse ou qu'il souffre. Légère en apparence et combien lourde à porter parfois !

Toujours à recommencer, le plaisir, disait un viveur. Une vraie fatigue, à la longue. Alors, autant vaudrait travailler pour de bon. Mais on n'a pas le courage de s'ennuyer pour s'amuser, et c'est ce qui perd tout.

Tu as de grandes joies. Tu auras donc de grandes douleurs, ou tu les as eues. Tu les as peut-être en même temps. C'est dans l'ordre.

Dans la prospérité poussent nos défauts, confondus avec nos qualité, comme graines jetées pêle-mêle en terre labourée. Mais quand vient l'adversité, comment ne pas faire la différence ?

Ce n'est pas à la fleur, c'est au fruit que je juge la plante.

La vie sans douleur est toute en jouissance ? Il la faudrait éternelle, alors. Autrement, par l'idée seule de la mort, elle serait intolérable.

— « Ne pas souffrir ! disait un railleur. Il n'y a que Dieu pour supporter ce régime-là. Encore les religions l'envoient-elles souffrir sur terre pour rentrer dans la béatitude du ciel ».

Souffrir du cœur, — moralement, combien de gens n'en sont indemnes que parce qu'ils en sont incapables ! Envier leur sort, quelle sottise ! Aspirer à se changer en pierre, alors ?

Qu'est-ce que la douleur, sinon la plus forte affirmation, la plus profonde révélation de vie ? Souffrir est une dignité.

Que vous parliez sobrement de votre malheur, s'il est sérieux et si vous ne souffrez cependant pas trop d'y laisser toucher — soit ! Heureux ou malheureux, d'autres pourront sympathiser avec vous.

Mais de simples chagrins, ne dites rien. Car chacun en a son contingent. Votre voisin, pensant aux siens, qu'il jugera nécessairement supérieurs aux vôtres, aura plus envie de se plaindre que de vous plaindre. Irritant vous serez, sans être intéressant, et amoindri sans mériter compassion.

Un grand malheur grandit son homme. Des mésaventures le rapetissent.

Tu as un profond chagrin. Profites-en pour t'acquitter des tâches pénibles que tu n'avais pas eu le courage d'accomplir.

Car la souffrance est le plus violent des stimulants. Nous heurtant aux fatalités de la vie, elle nous oblige à les regarder en face. Elle contraint à l'action même les indécis, les insouciants et les inertes.

Mais n'oublie pas que, la crise passée, tu te laisseras aller, bercé par le mouvement de tout ce qui passe. Et tu te rendormiras jusqu'à la prochaine secousse, la dernière peut-être.

———

Tu cries avec désespoir: « Quand donc seront finis les chagrins ?» Finie la vie, alors, mon pauvre ami !

Les chagrins, ce sont les essais de la mort. Pour qu'ils cessent, il faut qu'elle ait réussi.

III

Deux méthodes de conduite envers les autres: ou bien les prendre tels qu'ils sont, à son profit : ou bien essayer de les rendre autres qu'ils ne sont, pour leur avantage. La première fait apprécier son homme, même par ceux qu'il rend dupes ou victimes. La deuxième le fait généralement honnir, même par ceux qu'il sert à ses dépens.

———

Aimer les hommes, besogne difficile à qui les observe bien. Mais en les observant encore mieux, on parvient à voir, avec ce qu'ils sont, ce qu'ils pourraient être s'ils savaient s'aider eux-mêmes et entre eux. Car en mal comme en bien, quelle présomption de croire qu'ils sont par eux-mêmes ! Ils sont par les autres et par tout le reste aussi.

Il faut donc compenser chacun, par surcroît de bonté, ce que la méchanceté des autres ferait perdre à l'affection.

———

On peut faire le bien aux gens pour l'amour d'eux, ou de soi, ou de lui. Sachez l'aimer pour lui-même ; les gens en profiteront et vous aussi.

———

Médire par haine, — fait plus rare que ne croient même les médisants. Et d'abord, les vraies haines ne se dépensent pas en paroles.

Qu'on ne se flatte pas: on ne médit le plus souvent que par vanité, pour rabaisser les autres, faute de savoir s'élever.

———

Vous louez la facilité d'un homme. Quelqu'un se trouvera pour dire : « Il a tant travaillé ! » — Vous louez sa puissance de travail. Réplique sûre : « Il a tant de facilité ! »

Besoin qu'on éprouve, même à son insu, de rabaisser les gens pour les mettre à sa taille. Faute de défauts, leur opposer leurs propres qualités en les diminuant, s'il y a lieu, les unes par les autres.

_____

Dans ur groupe d'amis, un personnage critique un absent. — « Bon ! dites-vous, je tiens son opinion sur l'autre. »

Mais l'autre arrive, et voilà des compliments qui s'échangent. —« Qu'importe, pensez-vous, c'était tout à l'heure le sentiment vrai. »

Ne vous y fiez pas. Pourquoi attribuer aux gens une pensée, une sincérité plus sérieuse dans le mal que dans le bien ? La plupart n'ont guère plus de consistance dans le blâme que dans l'éloge, et rarement ils sont aussi méchants qu'ils voudraient le paraître.

_____

On jouit d'une jolie fleur et d'un bel animal, d'un bon livre ou d'un ouvrage d'art. Pourquoi ne sait-on pas jouir du mérite d'un homme ? — Parce qu'on le jalouse.

_____

Chez combien de gens, sans qu'ils s'en rendent compte, se décompose comme suit le plaisir de défendre un ami : 1° Le voir attaqué ; 2° Le défendre ; 3° Faire constater qu'il est attaqué et qu'on le défend.

_____

Ce qu'il y a de plus pénible pour qui éprouve le besoin de conter ses chagrins, c'est de n'être pas sûr de peiner par là les gens.

_____

Pour l'avantage d'un homme, c'est devant témoins qu'on devrait reconnaître le bien qui est en lui, et sans témoins qu'on devrait lui signaler le mal. Si le contraire se fait, c'est apparemment qu'on se moque de son avantage dans les deux cas.

_____

Il y a les jaloux du succès qui méconnaissent sincèrement le mérite d'une œuvre ou d'un homme. Mais il y a ceux qui sentent le mérite et sont d'autant plus jaloux de lui, indépendamment même des profits qu'il peut donner. Ce n'est pas le dépouiller qu'ils voudraient, c'est le tuer.

2

La médisance, passe-temps de laquais. Dans un salon, combien de gens semblent être sortis de l'office ! Pour peu qu'ils parlent du maître ou de la maîtresse de la maison, la ressemblance sera complète.

———

A louer le mérite après décès : double avantage : 1° S'attribuer un rôle de justice et de générosité, sans que l'autre en ait le profit ; 2° Amoindrir ou desservir le seul mérite gênant, celui qui existe. — Procédé qu'un cynique traduisait ainsi : « Assommer les vivants avec les ossements des morts. »

———

Quand vous voyez deux cœurs médiocres en effusion de sympathie, soyez sûr que c'est par antipathie contre un tiers. L'inimitié les unit, non l'amitié. N'est pas aimant qui veut, pas plus qu'aimé.

———

D'un homme bon, que pense son obligé ? : — « Puisqu'il est bon et se donne de la peine pour les autres, il peut bien s'en donner pour moi. » — Et après les services rendus : « Il peut maintenant s'occuper des autres. C'est leur affaire. » — On n'a donc plus à s'occuper du bienfaiteur, sauf pour le cas de besoin nouveau.

Quel scrupule d'ailleurs aurait-on avant, pendant ou après ? Serait-ce qu'on doit à son tour peiner pour lui ? Encore faudrait-il qu'il le demandât, comme on a fait. Mais sa vocation, sa nature à lui n'est-elle pas précisément de peiner pour autrui ? Il y met sa supériorité, il y trouve son plaisir. On lui a fourni l'occasion de suivre ses aspirations et sa destination, voilà tout.

Eh oui ! sans doute, c'est une plante rare, un être étrange, l'altruiste : savoir le trouver et l'utiliser n'est pas un mérite à dédaigner. Aussi l'obligé se congratule-t-il et ne manque-t-il pas de s'être reconnaissant à lui-même.

Tout est donc dans l'ordre, pourvu que l'homme bon ne gâte rien par une vaine susceptibilité. Il doit connaître la vie, que diable ! Veut-il le bien pour le bien, oui ou non ? Est-il bon ou ne l'est-il pas ? Il se doit à lui-même de se donner aux autres. Ne serait-il qu'un usurier ?

Et l'homme bon reste bon... comme une bête.

———

Dans notre espèce perfectionnée, — qui prétend n'être plus anthropophage parce qu'on se dévore les uns les autres autrement

qu'en nature, — le difficile reste toujours de manger à son appétit
sans être méchant et d'être bon sans être mangé.

———

On divisait des choses de la vie entre gens d'âges différents. —
« Moi, dit un personnage visiblement satisfait de lui-même, j'ai
passé quarante ans, et je n'ai pas encore eu de vrais chagrins. »
— C'est que vous n'avez jamais eu les chagrins des autres, —
répondit un vieillard.

———

En compagnie d'un homme qui souffre : « N'y pensez pas, » lui
dit-on. — Cela signifie : « Ne m'y faites pas penser. »
Que ne l'aide-t-on plutôt à s'épancher ? Il s'apaiserait ensuite,
ne serait-ce que par fatigue. Mais il faudrait s'intéresser sérieusement à lui. Et même inconsciemment, en sympathisant avec lui,
n'est-ce pas à soi qu'on rapporte tout ?

———

Une personne dont la situation paraît enviable raconte ses
déboires et ses peines. — « Bon, pense l'interlocuteur, elle n'est
donc pas tant favorisée ! » — Et il fait accueil sympathique aux
doléances.
Mais elle insiste trop ; il se rebiffe. — « Et moi donc ? se dit-il.
Assez de sensibilité dépensée. »
Plaindre autrui en y trouvant sujet de se féliciter soi-même,
soit. Mais en s'oubliant et se sacrifiant ? Non pas.

———

Tous sentiments égoïstes et malveillants rendent nécessairement
leur détenteur dissimulé et faux. Car comment les montrer à autrui ?
Ne serait-ce que par politesse, « cela ne se dit pas » ; et c'est
nécessairement le contraire qui se dit, qui se fait entendre ou se
laisse supposer. Voilà donc toutes les bassesses de caractère qui
se produisent de la manière la plus naturelle et la plus correcte.

———

Etant sûrement sincère et généralement naïf, l'homme qui
s'exténue à bien faire ne s'aperçoit pas qu'il blesse tous ceux qui
font mal. Sa conduite est un affront public pour eux. Car les actes
crient plus haut que la parole.
Et il ne manque pas de s'étonner qu'on lui en veuille.

———

Ingrat, — un débiteur qui pourrait se délibérer en bons sentiments et qui se laisse mettre en faillite.
Il semble que rien ne puisse mettre le bienfaiteur plus à l'aise
que l'ingratitude de l'autre.

N'est-il pas de règle qu'on s'oblige en obligeant? Demandez plutôt à l'obligé. Que dit-il? — « Vous avez été si bon pour moi que vous ne pouvez démentir votre œuvre... »

Les services rendus vous condamnent donc à en rendre encore, à moins que l'autre ne soit manifestement ingrat; car le contrat de bienfaisance est alors rompu, et vous êtes quitte.

Pourtant, non ! Les braves gens ne parviennent pas à se dégager du bien qu'ils ont fait. Ils seront bons encore pour l'indigne, en vertu de la règle : — « Conduis toi à l'égard des autres selon ce que tu es, non selon ce qu'ils sont. »

Un homme de caractère très « personnel » raillait fort un camarade d'humeur serviable. — « Moi, dit-il, je n'aimerais pas à faire tant d'ingrats. »

— « J'avoue, répondit l'autre, qu'il est plus simple de faire un égoïste. »

Faire des ingrats, — mésaventure que les gens de cœur acceptent avec philosophie, puisqu'ils agissent avec désintéressement. Loin d'être un mécompte, elle est un honneur pour eux.

Mais n'est-il pas comique de voir des égoïstes déplorer et redouter tant pareille mésaventure? Ne serait-ce pas pour se dispenser de faire du bien ou pour se justifier de n'en avoir pas fait?

Ce qui, dans l'ingratitude, peine le plus un honnête homme, si généreux qu'il soit, c'est la pensée d'avoir mal placé ses bienfaits. Mal placé, non pas pour son profit, — car il ne plaçait pas à intérêts, — mais pour le bien général.

— « J'aurais pu mieux choisir, se dit-il. » — Mais il se console en pensant qu'un autre choix aurait pu n'être pas plus heureux, et que de toute façon l'essentiel est de faire le bien, dussent les moins dignes en profiter !

Si le soleil ne réchauffait que les gens vertueux... !

IV

Peu d'hommes cherchent à se dégager de leur nature pour pénétrer celle des femmes, qui est tout autre. La plupart traitent les femmes comme des hommes qui porteraient jupons.

Soyons justes un instant, chers confrères hommes.

Nous nous connaissons quelque peu les uns les autres, sinon nous-mêmes, n'est-il pas vrai ? Nous savons la valeur ou la non-valeur des divers échantillons de notre sexe, envisagés à différents points de vue. L'idée seule de vivre avec celui-ci ou avec celui-là, même en tout bien tout honneur, nous donnerait un frisson d'anxiété.

Supposez-vous donc femme, ayant dans l'état d'inexpérience réglementaire épousé tel de ces Messieurs, et réduite à vous dire : « Je n'aurai jamais d'autre révélation de l'amour et de la vie que « celle dont il voudra bien me gratifier ».

Cette pensée, combien d'entre nous la supporteraient ? Et l'on se plaint des femmes !

————

Quelle est la femme qui ne s'est pas dit à quelque moment : « Si j'étais homme ! » — Que regrettait-elle au fond ? De ne pouvoir en faire autant que l'homme, — ou moins, — ou plus, grâce à la connaissance même de la femme ?

Répondez-vous à vous-même, chère Madame, S. V. P.

————

Combien il est réconfortant de pouvoir causer en confiance avec une honnête femme ! Car sûrement, étant femme et honnête, elle a dû apprendre à souffrir, à se résigner, à se sacrifier peut-être, donc à être compatissante pour les mécomptes, les tristesses et les chagrins d'autrui.

————

Les personnes auxquelles on prodigue le plus volontiers son affection sont celles qui y prétendent par faveur et non par droit.

Simple esprit de contradiction ? — Non pas. Mais aimer, c'est donner, et donner n'est pas payer.

Ne semble-t-il pas qu'on donne plus, en concédant ce qui n'est pas réclamé comme dû ? On reste alors un bienfaiteur libre, peut-être un créancier généreux, et non pas un débiteur qui s'acquitte. Comment n'être pas tenté de limiter une dette ? Il n'y a que mérite, au contraire, donc plaisir à augmenter un don.

Vainement un homme fatigue une femme, et réciproquement, par les réclamations et doléances sur l'amour dû. Il n'y a que l'amour donné qui fasse deux heureux.

————

Les femmes n'envisagent pas la beauté de l'homme comme font es hommes eux-mêmes. Tel individu, laid pour son sexe, ne l'est pas pour l'autre. Peut-être, à tel moment, sera-t-il sublime pour le genre féminin, alors qu'il serait horrible aux yeux de la gent masculine.

Certains côtés de l'homme ne sont bien saisis que par la femme. Ce ne sont pas toujours les moins nobles, quoi qu'on en dise, et le moral y a sa part autant que le physique. De là, cette influence et cet empire, cette attraction et cette fascination qu'exercent certains hommes, au grand étonnement des autres.

Qui aime pour de bon, ne serait-ce que depuis cinq minutes, n'a pas ombre de scrupule à jurer qu'il aimera toujours. Et comment ne serait-il pas de bonne foi ? — Cinq minutes ! Il n'en faut pas tant pour entrer dans l'Éternité !

N'est jamais vraiment laide une personne vraiment bonne. Du dedans s'éclaire la physionomie et rayonne la beauté.

Consultez les parisiens. Ils vous diront que les femmes, — les mêmes femmes, — sont plus jolies à Paris qu'ailleurs ; ce qui signifie qu'elles prennent mieux qu'ailleurs l'art de plaire, dans ce centre des plaisirs et des goûts raffinés. Comme déplaire enlaidit, plaire embellit, et l'idée seule produit effet déjà.

Ne serait-ce pas là le secret de cette satisfaction et de cette excitation que donne le séjour de Paris aux plus « honnêtes Dames » ? Elles s'y plaisent, parce qu'elles y plaisent.

Certainement, on aurait avantage à aimer une femme laide, si elle savait et si l'on oubliait qu'elle l'est. Car outre qu'il y aurait plus de sécurité réciproque, on se saurait plus de gré l'un à l'autre de l'amour mutuel.

Mais comment une femme se trouverait-elle laide quand elle espère être aimée ? Et comment cesseriez-vous de la trouver laide, si ce n'est pas l'habitude qui vous la rendrait indifférente ?

Il faut donc, à l'occasion, voir belle une femme même laide ; et l'amour heureusement, fait ce miracle sans nous en avertir.

D'une dame qui s'arrangerait fort habilement pour rester jeune d'apparence, une bonne amie disait : « Il n'y a décidément plus que la maladie qui puisse lui dire son âge ».

Étant moins impressionnables que les femmes, les hommes sont tentés de les croire fausses lorsqu'elles manifestent des impressions contraires d'un moment à l'autre et parfois dans le même moment.

Qui dit qu'elles ne ressentent pas réellement ainsi, et que ce n'est pas dans leurs contradictions qu'elles sont le plus sincères ? Autrement ne mettraient-elles pas quelque concordance dans leurs simulations ? Leur maladresse les absout.

Toutes ces raisons qu'une femme vous donne ou se donne à elle-même pour ne pas faire ou ne pas vous laisser faire ce que vous désirez, — vous vous épuisez à les réfuter savamment, malheureux, et vous triomphiez lourdement de leur illogisme.

Vous ne voulez donc pas comprendre, ou vous voulez donc l'obliger à comprendre la simple vérité : Vous n'avez pas su lui donner envie de ce que vous désirez.

Une femme, dire ce qu'elle aime véritablement ? — Elle ne l'avoue même pas quand on le lui dit. Il semble qu'elle craigne toujours de se trouver à la merci de qui la connaîtrait.

La pénétrer c'est la prendre.

Vous voyez rire deux hommes ; vous pouvez vous demander de quoi. — Deux femmes ? Demandez-vous de qui.

Une femme qui veut en faire attaquer une autre la défend sans qu'on l'attaque.

Les gens qui n'aiment pas ont beau dire et beau rire ; dans les rapports de deux êtres qui s'aiment, il n'est pas de détail insignifiant. Comme disent les femmes « les riens sont tout ». Ne s'agit-il pas de se sentir vivre d'une même existence ? Par les petites choses, on ne se pénètre que mieux l'un l'autre.

— « Il n'est pas venu m'embrasser en rentrant, » pense la femme, et elle en est tourmentée. — « Tu ne m'aimes plus, dit l'homme, puisque tu as mis cette toilette ». — Symptômes sérieux, en effet.

L'amour, c'est la vie de deux en un. Or rien n'est à dédaigner et nulle fonction n'est humble dans le plus parfait organisme, en raison même de sa perfection.

Quand une femme entend parler celui qu'elle aime, il lui semble que c'est en sa poitrine que résonne la voix. Et quand elle parle devant lui, c'est en lui et à son oreille qu'elle s'écoute.

Un homme n'est pas satisfait lorsqu'une femme déclare ignorer pourquoi elle l'aime.

Si elle lui indiquait les causes, c'est-à-dire ses qualités, il trouverait sûrement qu'elle ne lui en accorde pas assez. Voudrait-il donc que ce soit pour ses défauts ? Il est vrai que.....

Mieux vaut encore qu'elle ne sache pas pourquoi. En amour, c'est souvent la meilleure raison.

———

Si une femme désirable aime un imbécile, tous les hommes qui s'attribuent de l'esprit se trouvent blessés et protestent ; car cela fait tort à la corporation.

La femme n'en a pas le moindre souci tant qu'elle aime. Mais l'imbécile ne tarde pas à la convaincre lui-même de ses pauvretés d'esprit, en la mettant dans l'impossibilité de continuer à donner son cœur.

———

Vous ne vous occupez pas d'une femme ; elle se dit : « il est pris ailleurs ; » — et elle ne vous en veut pas, — au contraire. Mais vous vous êtes occupé d'elle et vous ne continuez pas ? Vous êtes un félon.

———

La femme la plus vertueuse aime qu'on lui sache gré de l'être, c'est-à-dire qu'on suppose qu'elle aurait pu ne pas l'être.

———

Quand certaines femmes ne peuvent plus commettre certaines fautes, elles s'occupent à s'en repentir. C'est l'art d'en jouir encore.

———

Que de femmes se croient altruistes parce qu'elles sont égoïstes pour ceux qu'elles aiment !

———

Un soir, dans un brillant salon. Un couple très admiré, plein de tendresse mutuelle. Attentions délicates du mari, mots caressants, regards émus. — « Union parfaite », chuchote l'assistance ; et cependant, le monde est peu suspect de bienveillance.

Autre soirée, dans le même salon, avec la même assistance. Voici le même époux, avec sa femme au bras. Tendresse, attentions, mots et regards idem.

O stupeur ! La femme se retourne ; ce n'est pas elle.

Où donc est-elle ? — Au Père-Lachaise ; une sépulture très élégante. C'est ce que vous explique une dame d'âge, qui a pitié de votre confusion.

— « Voilà donc au moins 2 ans et 1/2 que vous n'étiez venu ? Ah ! C'était un si bon mari et un si beau parti. La 2ᵉ femme était d'ailleurs amie de la 1ʳᵉ. Elle lui ressemble. Pour les enfants et pour tout le monde, c'est beaucoup mieux. Elle avait le même prénom habituel ; elle l'a changé. — Vous ne comptez pas les voir ? »

— « Merci, je ne suis pas le mari. Je croirais toujours qu'elle est l'autre. Ah ! l'amour éternel ! »

— N'est-ce donc rien, cher Monsieur, que ce soit éternel tant que cela dure ? »

_____

Une mère est toujours reconnaissante à son fils de ce qu'elle a fait pour lui, et toujours étonnée qu'il ne soit pas d'autant plus apprécié par les autres.

_____

Que de bon sens, quelle force de caractère et combien d'épreuves faut-il à un homme pour ne pas devenir un médiocre, un vaniteux ou un béat étant trop « gâté » par sa mère, même et surtout si c'est une femme de mérite ! Comment pénétrerait-il la parfaite niaiserie à quoi elle est constamment exposée, dans son admiration pour celui dont elle se croit honorée d'être la mère, puisqu'il a l'honneur d'être son fils ?

_____

« Ah ! la femme, quelle égoïste ! — disait un célibataire. — Pour son fils, elle sacrifierait tout, à commencer par le père. Aussi je ne me suis pas marié. »

_____

Pour la mère, qu'est-ce qu'une mère et son fils ? Deux êtres en un avant la naissance, avec un seul cœur pour les deux. Plus tard; encore un seul tout en deux personnes, un tout doté des deux sexes, un tout complet, à moins que le père soit encore aimé et pas seulement comme père.

Quand son fils n'est plus absorbé en elle, c'est elle qui s'absorbe en son fils. Donner son sang, sa vie pour lui, ne l'a-t-elle pas fait dès le début ? Si elle le perd, c'est elle qui meurt vivante. Lui, c'est elle devenue homme.

Étonnez-vous des phénomènes de l'amour maternel ! c'est tout l'égoïsme doublé de tout l'altruisme humain.

_____

Une femme se croit volontiers quitte d'amour envers l'humanité quand elle aime certains êtres humains, — son fils ou sa fille, ses

parents, son frère ou sa sœur, son mari même. C'est surtout
lorsqu'elle n'a aucune de ces individualités à chérir qu'elle aime
l'humanité, à moins qu'elle se borne à aimer Dieu ; mais grâce à
nos religions, n'est-ce pas l'Homme-Dieu ?

————————

Être quelqu'un et faire quelque chose, voilà l'ambition d'un
homme dans notre société. Plaire à quelqu'un, soit qu'il fasse ou
non quelque chose, voilà la grande affaire d'une femme dite de la
société. Dans la condition, la vie, les rapports de l'un et de l'autre,
que n'explique pas cette simple constatation ?

————————

En dehors même des cas où elle parle, où elle écrit pour son
compte, quel peut être le rôle de la femme pour la génération et
l'expression de la pensée chez l'homme ! Quelles ressources
doivent être fournies par cette impressionnabilité délicate, par
cette intuition rapide, par cette imagination souple au travail
masculin de déduction logique, de généralisation rationnelle et
d'abstraction idéale !

Lorsqu'une telle association de facultés se fait entre deux êtres
que l'amour a fondu en un, quelles révélations, quelles contem-
plations s'ouvrent à l'âme humaine, dans quelles extases ou dans
quels élans surhumains ! Mais restons sur terre au niveau moyen,
et laissons ces indicibles émotions dont certaines natures ou
certaines heures gardent le privilège, et pour lesquelles se
dépensent en quelques instants la chaleur et la lumière d'une
existence. Prenons l'ordinaire des choses et des gens.

Pour concourir constamment à la vie intellectuelle point n'est
besoin de passions, de vertus, de génies supérieurs. Compétence
ou autorité spéciale, collaboration ou aide professionnelle n'est
même pas nécessaire. Amour, non plus. Sympathie, amitié suffit.
Même dans l'antipathie peut s'exercer influence, et la simple
présence féminine opère déjà. Voyez l'effet que produisent quelques
dames pourtant inoffensives sur un orateur, son auditoire et son
discours ; et une seule, sur telle causerie d'hommes à laquelle elle
assiste sans y participer.

— « Ce ne sont pas mes idées que je lui donne, disait l'amie
d'un homme de lettres, ce sont les siennes. Nous sommes en
ménage d'esprits, et mieux vaut moi qu'un autre homme avec lui.
Nous nous croisons : ils se doubleraient à moins que l'autre ne
fût un neutre, et alors.... — Même sexe, mêmes fonctions, donc

comparaison et jalousie. Nous en avons l'expérience entre femmes. Entre hommes, s'il était trop créateur, comment les autres ne seraient-ils pas gênés, mécontents d'eux et de lui ? Moi, je suis fière ; je me crois la mère de ses idées comme je pourrais l'être de ses enfants. Plus il en a, plus je nous félicite, puisque cela ne me fatigue pas.

« Certes non, il n'est pas bon que l'homme soit seul, même quand il est nombreux. Place aux Dames, Messieurs, si vous voulez être hommes ! » —

Même étant muette, passive, inerte en apparence, la femme agit sur l'homme et avec l'homme. Elle agit par sa beauté, sa bonté, sa grâce, par son imagination ou par celle qu'elle excite en lui, par les qualités qu'il lui attribue soit qu'elle les possède ou non.

Disons le mot : Elle agit par son sexe. Si c'est l'homme qui la rend féconde, c'est elle qui le rend puissant ; ou plutôt les deux sexes se fécondent ensemble par leur rapprochement.

Comme chaleur et lumière, sentiment et pensée se transforment l'un en l'autre et passent d'elle à lui, comme de lui à elle. Combien de fois la vibration qui s'achève au cerveau de l'homme a-t-elle commencé au cœur de la femme !

Au physique, c'est l'homme qui provoque la création ; la femme porte et se met en travail. Pour la production psychique, pourquoi ne serait-ce pas aussi bien à elle de susciter, à lui d'incuber et de mettre au monde ?

Réunis, les deux sexes complètent, développent, renouvellent l'œuvre et la vie humaines. Dans le domaine psychique comme en l'ordre physique, l'être humain ne trouve son unité qu'en se doublant et sa vraie force créatrice qu'en se faisant mâle et femelle.

———

Les hommes se plaignent de manquer de femmes, — de femmes du type supérieur, — répondant aux conditions actuelles du développement humain. Mais s'il y a pénurie, à qui peuvent s'en prendre les partisans de la suprématie masculine, sinon à l'homme lui-même ? S'il faut un vrai mâle pour créer un enfant, ne faudrait-il pas quelques vrais esprits pour faire intellectuellement des femmes ?

En l'état, si la femme supérieure était nombreuse, trouverait-elle assez de maris, en admettant qu'elle eût assez de pères ?

V

Force non utilisée fatigue et use qui la détient. Talents qui ne peuvent se manifester, souffrance ; supériorité qui n'est pas reconnue, déchéance.

———

Quand vous entendez un homme déclarer qu'il manque de telle qualité, vous pouvez vous demander quelle est la qualité supérieure qu'il s'attribue.

———

Parfait ! En principe, chacun proclame qu'il ne l'est pas. Et d'abord, ne faudrait-il pas se priver de trop de choses ?

En fait, comment appliquer à qui que ce soit cette règle de l'universelle imperfection ? Où découvrir un individu qui se laisse sincèrement imputer une imperfection précise ?

Sur chacun des points que vous aborderez, avec quelle douloureuse surprise il vous répondra : « Pour tout le reste, peut-être, mais pour cela, non, vraiment ! » Et il vous démontrera qu'il s'agit d'une de ses meilleures qualités ; c'est précisément là qu'il sera irréprochable.

Vous resterez donc justement confus, comme en face d'un auteur qui défendrait son écrit le plus attaqué, ou d'une mère qui protègerait son enfant le plus malingre. Vaillants exemples de protestation pour les faibles, — pour les côtés faibles.

Ne pas défendre nos défauts, nos chers défauts, la chair de notre chair ! Plutôt sacrifier nos qualités. D'abord, elles se défendent toutes seules.

———

Défaut qu'on découvre, plaie qu'on touche. La plus insignifiante suffit pour exaspérer contre l'individu qui la met à vif.

———

Un individu est-il sans valeur et plein de défauts ? Aucun ne lui est seulement reproché.

Mais voici un homme rempli de qualités qui a un travers, — l'envers peut-être d'une de ses qualités. — Déchaînement contre lui.

Histoire de ramener les supériorités au niveau moyen. Et quelle joie alors de pouvoir dire le grand mot : « Il ne vaut pas mieux que les autres. »

———

Il y a des mendiants de toutes classes, y compris la haute. Car on peut mendier d'autre façon que les indigents, et autre chose que des sous : places, distinctions, pouvoir, fortune et le reste. Tout se mendie, même l'amour.

Combien d'individus n'ayant besoin de rien ne peuvent voir un personnage puissant sans chercher à tirer de lui quelque avantage, comme les habitants de certains pays tendent la main au voyageur sans être des nécessiteux.

Combien, qui se croient religieux, ne s'adressent jamais à Dieu sans mendier, même en lui témoignant reconnaissance. Prier et prière n'ont-ils pas le sens de solliciter et sollicitation ?

Si les ministres, les riches et les Dieux jugeaient l'humanité par certains de leurs clients...

———

Quel dégoût de se trouver réduit à faire valoir soi-même ce qu'on est et ce qu'on fait ! Besogne de courtier, qu'on pourrait s'épargner mutuellement en mettant à sa valeur le mérite les uns des autres.

Mais il faudrait être capable de s'intéresser à plus d'une personne, y compris la sienne, et tant de cœurs humains ne suffisent guère chacun que pour une tête !

———

« Que l'intérêt domine tout et fasse obéir les gens ? Bien naïf, si vous comptez là-dessus, disait un sceptique. D'abord, ils sont trop bêtes. Le pire dommage matériel, ils l'oublient. Ils ne pardonnent pas le moindre froissement d'amour-propre. »

« On ne sait même pas être égoïste. »

———

Enfants de trop riches familles, ou de trop beaux pays. Mêmes défauts, même sort : Enfants gâtés.

———

On s'étonne toujours que certaines gens ne jouissent que de l'argent, sous prétexte qu'il sert à se procurer toutes choses. Peut-être ne se sentent-ils pas capables de posséder les choses et d'en jouir autrement.

———

Quand on a vu de près la vie, les vies réelles en conditions diverses, on se demande si les pires souffrances sont celles qui se produisent dans le dénûment ou celles qui se cachent sous le bien-être apparent.

De l'homme qui n'a pas de pain et de celui qui n'a plus d'esto-

mac, du malheureux qui a trop d'enfants et de celui qui n'en a
plus, quel est en réalité le plus pauvre ? Si l'on admet que la plus
déplorable misère est celle qui reste incurable, croit-on que ce soit
la misère d'argent ?

Le sort d'un homme d'argent est de ne guère voir autour lui que
des choses qui s'achètent et des personnes qui se vendent.

S'il pense qu'il existe ailleurs des gens d'autres genres, dégoût
de ses propres conditions d'existence ; s'il pense qu'il n'y en a pas,
dégoût de l'humanité.

Il faut croire que la Nature a fait à part les producteurs et les
courtiers. Car les gens qui ont le mé ite ne savent généralement
pas l'exploiter, et ceux qui l'exploitent sont généralement ceux
qui n'en ont pas.

La fatigue est le seul moyen de connaître le repos et le paresseux
n'en veut pas. Il est donc réduit à se plaindre toujours de ne
pouvoir se reposer, et il a raison.

Mais comme personne, — même parmi les autres paresseux, —
ne veut en convenir, le voilà ennuyeux, méconnu et victime à
perpétuité.

Dans les remontrances qu'on adresse et dans l'intérêt même
qu'on témoigne aux gens sur l'usage inconsidéré qu'ils font de
leurs avantages, — talent, fortune, pouvoir, santé, beauté, — pour
combien entre, sciemment ou non, la jalousie ?

Et qui sait si, à leur place !...

Voulez-vous me dire, je vous prie, comment un jaloux ne serait
pas faux, à moins d'être muet ? Peut-il laisser voir ce qu'il pense ?

Tout sentiment inavouable est fatalement dégradant. La fierté
dans le mal, rêve niais !

Que de qualités il faut avoir, pour s'avouer à soi-même un défaut !
On l'avouerait plutôt aux autres, à charge pour eux de protester,
bien entendu. Car s'ils n'ont pas cette délicatesse, de quelle valeur,
je vous prie, peut être leur sentiment ?

Un malade vous déclare qu'il va mourir avant deux jours. Et
vous l'admettez, assassin ! Accordez-lui deux semaines ; il pensera :
« Si peu » !

Qui confie sa crainte demande à être rassuré. Qui s'accuse, s'excuse et solicite des démentis.

Il y a des moments, des phases, des âges, où l'état de santé, les forces et les facultés, les conditions de vie, les occupations, les habitudes et les goûts se modifiant, erreurs, travers et vices changent ou s'effacent en nous, à moins que ce soit leurs conséquences mêmes qui nous mettent dans l'impossibilité matérielle de nous livrer à eux de même façon. C'est ce qu'on appelle se corriger.

Pas de présomption ! Tant que la cause existe on ne supprime pas les effets de son organisme et de son caractère. Il ne faut que plus les combattre, et c'est une lutte sans trêve, toute aussi rude après chaque victoire apparente. Agir et attendre, telle est la tactique ; car tout s'use, même le mal. Le plus souvent ce n'est pas nos défauts qui s'affaiblissent, c'est nous ; c'est eux qui nous abandonnent et non pas nous qui les quittons. Mais ne soyons pas trop exigeants.

Les gens modestes et surtout ceux qui se déclarent tels étant simplement timides, inertes ou craintifs, ne manquent pas de se dire, par manière de consolation, qu'un ambitieux, un présomptueux, un intrigant n'est jamais content de son sort. Mais eux non plus, hélas ! Et mieux vaudrait être plus agissant pour avoir moins besoin de se consoler dans sa modestie.

Les faibles ayant dû souffrir des abus de la force, on est toujours tenté de croire qu'ils se garderont de les pratiquer contre de plus faibles. Quelle erreur ! Leur premier soin, si la force leur vient, est d'en abuser.

Ne semble-t-il pas que la brutalité soit la revanche de l'impuissance, et la cruauté l'envers de la peur ?

Voyez les femmes de certains pays à l'œuvre quand elles peuvent tyranniser, torturer même des prisonniers.

Et à quoi jouent de préférence les enfants les plus civilisés ? Au soldat, au maître d'école, au gendarme. Ils font les maîtres, ils jouent la domination. Ils agissent ce qu'ils subissent.

Qui fait des victimes prépare des coupables.

La modestie est une vertu sans danger pour les intérêts privés et les intérêts publics, lorsqu'il existe une autorité capable de mettre le mérite à sa place.

Mais n'est-ce pas lui-même qui doit savoir s'y mettre dans une société vouée au régime de liberté ? Que la modestie prenne garde alors de se laisser confondre avec la timidité, vice impardonnable surtout dans une démocratie.

———

Un homme qui a conscience de son talent souffre de tous les succès qu'il n'a pas.

Réussissant, il serait volontiers modeste. Méconnu, il devient orgueilleux, et il souffre d'autant plus que cet orgueil même n'est pas compris.

———

Penser, jouir, souffrir plus que les autres, c'est la prétention de chacun ; et quoi de plus naturel ? On ne sent pas ce qu'éprouve le voisin, et toujours on le trouve inférieur à soi en quelque chose.

Avoir été plus malheureux, plus détesté que d'autres, — dernière forme de l'orgueil. Car quelle valeur ne s'attribue-t-on pas pour avoir provoqué et supporté la haine ?

En somme, puisqu'il faut être fier, heureux qui l'est pour cause honorable : car, faute de mieux, il le serait de sa honte. Demandez plutôt aux criminels.

———

Un orgueilleux, — l'homme fier de montrer ce qu'il est. Un vaniteux, — fier de paraître ce qu'il n'est pas.

———

Vanité, l'art de se donner en imagination les satisfactions que l'on ne trouve pas dans la réalité.

Quoi de plus simple ? on suit le fameux axiome : on fait ce qu'on peut pour se rendre content de son sort.

« Vous en parlez à l'aise, disait un vaniteux qui n'était pas un sot à un homme de grande simplicité comme de grande situation, vous n'avez pas besoin de vous faire d'illusions ».

———

Gardez-vous de croire à l'humilité de la plupart des gens qui s'accusent de leurs erreurs. — « J'ai fait bien pis que vous », Traduction : « J'ai une nature autrement puissante que la vôtre ». —

La vanité n'est jamais à bout de ressources.

———

Raconter ses malheurs, encore une manière de se faire valoir.

D'abord, on ne serait guère écouté en exposant ses avantages.

On s'accommode donc de se montrer supérieur aux autres en chagrins, et les autres s'en accommodent.

Reste à présenter son cas de la manière la plus intéressante. C'est
à quoi excellent particulièrement les dames, même quand elles ne
se racontent qu'à une autre femme.

Animaux ou gens, on se défie de qui se cache. Qu'elle se traduise
ou non en pensée, comment l'intéressé n'aurait-il pas cette impression : « Ce n'est pas pour ton avantage que celui-là opère, puisqu'il
craint que tu le pénètres ».

Qui cherche à tromper veut donc paraître se montrer. Les rusés
se font loquaces ; les cruels, doucereux : les égoïstes, philanthropes.
Mais en face du plus simple bon sens ou du plus vulgaire instinct,
est-on jamais certain de n'être pas deviné ? Pour flairer un faux
ami, il suffit d'un chien qui ne soit pas trop bête et qui nous
aime.

Pour n'être pas deviné, un seul moyen sûr : s'élever au-dessus
des intérêts et des passions. Pour rester impénétrable en ses des-
seins, il faudrait se rendre inaccessible en ses pensées. Mais alors,
on serait bon ; et pourquoi dérober aux autres le bien qu'on veut
leur faire, à moins qu'ils soient, comme des enfants, trop inexpérimentés pour comprendre ? N'est-ce pas une force, au contraire,
de les associer à ce que l'on fait, et n'est-ce pas un besoin de cœur
lorsqu'on les aime ?

Bons animaux et braves gens, d'instinct ou de bon sens, vous
avez donc raison : Commencez par vous défier de qui se cache de
vous, et sauf preuves du contraire, croyez que mieux vaut vous
défier jusqu'au bout.

Sachez résister au plaisir de montrer aux autres que vous les
devinez. Ils cacheraient mieux leur jeu et vous garderaient
rancune.

Il est souhaitable sans doute de n'avoir un fourbe ni pour ami ni
pour ennemi. Mais mieux vaut encore l'avoir pour ennemi que
pour ami. On peut du moins se tenir sur ses gardes.

Quand nous ne pouvons nous vanter de qualités, nous nous
vantons de défauts. C'est un autre genre de supériorité, voilà
tout.

VI

Chacun trouve tout simple que les autres se donnent de la peine pour lui, et tout aussi naturel de ne pas s'en donner pour les autres.

Nos religions ont édicté comme article premier de la loi morale : « Ne faites pas à autrui ce que vous ne voudriez pas qu'on vous fît ». — Pour que l'on parvienne à promulguer l'article 2 : « Faites à autrui ce que vous voudriez qu'on vous fît », combien de souffrances encore et combien de siècles faudra-t-il ?

Quand on a observé longtemps les choses de ce monde, on y constate un tel enchaînement, donc une telle logique — (car la logique est l'enchaînement que l'on voit et le hasard celui qu'on ne voit pas) qu'en face d'un homme, d'une génération, d'un pays, d'une époque trop cruellement éprouvés, on se demande toujours : « Quel mal se répare et quel bien se prépare ? »

Servir les autres, sans rien espérer d'eux ; savoir aimer l'humanité, même sans pouvoir estimer les hommes ; mépriser la condition humaine, sans prendre en dégoût l'espèce ; pratiquer l'action sans égoïsme, la bonté sans illusion, la foi sans naïveté, la pénétration sans pessimisme, la générosité sans orgueil — voilà la vraie science de la vie.

Ce n'est pas l'instruction qui la donne, c'est l'observation de la réalité : et ce n'est pas au cerveau qu'elle réside, c'est au cœur.

En faisant du bien à autrui, ce n'est pas lui qu'on est sûr d'améliorer, c'est soi.

Le problème du mal : — quel intérêt ou quel plaisir a-t-on à l'embrouiller ?

Écoutez les gens sans convictions et sans générosité : « Ce sont les succès de l'injustice qui écrasent la conscience ! » Comment ne pas reconnaître que c'est eux, au contraire, qui la suscitent ? Si la justice se réalisait pour tout de manière instantanée et machinale, quel besoin aurait-on de se distinguer de ce tout, d'opposer son moi au reste, d'être quelqu'un et de chercher autre chose — cette autre chose où doit se réparer et se compléter ce dont nous sommes spectateurs, acteurs ou auteurs.

Le mal, négation du bien supérieur ? Il en est l'affirmation ; il en donne la certitude et non le doute.

Si loin ou si doucement qu'il oscille, le pendule ne s'arrête que dans la ligne droite. Si accentués ou si prolongés que soient les écarts de forces, rien ne peut se terminer que dans cet équilibre moral qu'on appelle la justice et le bien. Tout le reste est provisoire.

« Je crains bien, disait un fort honnête homme d'humeur paradoxale. que l'on soit fatalement puni sur terre de tout le mal que l'on fait. Mais à quoi bon démontrer aux gens cette vérité ? D'abord ils ne veulent pas y croire. Ensuite, s'ils y croyaient, il n'y aurait plus de mérite à faire le bien, même il n'y aurait plus d'honnêtes gens, s'il ne s'en trouvait plus de malhonnêtes. Et quel dégoût ce serait d'être confondu avec ceux qui ne placent le bien qu'à intérêts ! »

Un adversaire t'accuse injustement. Tu rétablis la vérité, et c'est tant mieux. Mais il aurait pu t'accuser justement sur quelque au're point que tu connais, et tu ne te remets pas toi-même dans l'ordre. Tant pis pour toi. En somme, il avait raison — raison autrement qu'il ne pensait, voilà tout.

« Moi. haïr les hommes ? disait un railleur. Ce serait trop les prendre au sérieux, et moi aussi. Soyons plus modestes.

« Avec toutes leurs prétentions, ils ne parviennent ni à être bons, ni à être méchants sérieusement. Dieu ou Diable, c'est difficile à réaliser.

« Mieux vaudrait donc encore les aimer que les haïr, puisqu'on est comme eux. Mais il faut du courage ».

Partir de l'intérêt est dangereux. si l'on veut arriver au bien. Car c'est à destination, ce n'est pas au départ qu'ils se joignent.

En chaque individu, ce qu'il serait juste et utile de regarder, c'est la part de bien qu'il réalise. ce qu'on appelle « les bons côtés ». Le reste est de si piètre importance ! Pourtant, c'est sur le reste qu'on dépense son attention. apparemment pour se sentir supérieur.

Bien que les religions modernes se contentent de simulacres de lavages — par exemple pour le baptême et par l'eau bénite — ce n'est certes pas par simple goût de métaphores, symboles et paraboles qu'elles réclament le nettoyage physique pour l'élévation intellectuelle et les ablutions avant la prière.

Le corps étant net, l'esprit l'est aussi. La sensibilité circule comme le sang. L'entière conscience de notre être nous vient par la libre communication de nos organes et de nos membres avec notre centre nerveux.

Crasse va si bien avec ignorance, qu'on en a fait son objectif de prédilection.

———

Sur les tentations du mal, quelles doléances perpétuelles ? Pourtant, n'est-ce pas après ces crises qu'on a les plus beaux élans de vertu et d'énergie pour le bien, même ayant été vaincu, hélas ?

Combien de bonnes actions ne sont que des réactions contre ce qui a provoqué les mauvaises ! Etranges luttes de forces ou chocs de courants qui se produisent en nous !

D'ailleurs, où trouver des gens qui apprennent à se soigner sans avoir été malades ?

———

On loue fort — et comme on a raison ! — les gens qui se cachent pour faire le bien. Peut-être doivent-ils parfois cette abnégation à la conscience de s'être cachés pour faire le mal. Touchante réparation de l'inconnu par l'anonyme.

———

On ne veut pas comprendre que nombre de gens sont rendus incapables d'actes vraiment généreux par les raisons mêmes qui les rendent incapables d'actions déréglées.

L'imagination et la passion restent confinées chez eux dans les limites où s'établissent plus aisément cet équilibre de sentiments qu'on appelle la moralité et cette moyenne d'idées, qu'on appelle le bon sens. Ils demeurent dans la règle, ou mesure commune.

De combien de gens la sagesse est-elle faite du défaut d'impulsions extérieures et d'entraînements personnels ! Calme d'impotent, laconisme de muet, chasteté d'impuissant !

———

Certes oui, la plupart des gens ne sont garantis des fautes extrêmes que par la médiocrité de leurs passions. Mais ils ne se font pas moins un mérite de leur modération, comme d'autres, il est vrai, de leur violence.

———

Quelle est la joie d'un être faible ? Manier la force. — D'un peureux ? Se donner des airs de bravoure. — D'un infirme subordonné ? Commander. — D'un besogneux ? Pouvoir jouer les prodigues. — D'un révolté ? Exercer l'autorité absolue. — D'un imbécile ? Poser en homme d'esprit.

En un mot, faire aux autres non pas ce qu'on voudrait qu'ils nous fissent, mais la contre-partie de ce qu'ils nous ont fait. Besoin d'opposition et de compensation, de réaction et de mouvement contraire. À quoi se rattachent, fort naturellement la revanche et la vengeance.

———

Rarement on manque d'être injuste pour un adversaire, et c'est précisément ce qui lui donne les moyens de réagir. — Compression, oppression, c'est toujours la pression, d'où naît la force.

Ainsi, même non arrêtée dans ses entreprises, l'iniquité se trouve réprimée par son succès. La correction du mal, comme la punition du coupable, est en lui-même. On peut échapper à tous les codes : on ne se dérobe pas à la loi de son être, morale comme physique ou autre.

———

Au moment où les autres nous font du mal, il semble que cela nous soulagerait d'en rendre ; et ce qui nous console plus tard d'en avoir subi, c'est de n'en avoir pas fait.

———

Cette défaillance d'un instant ? C'est toute ta volonté, toute ta raison, toute ta vie qu'il faudra pour en combattre les effets toujours renaissants. Une seconde peut être perpétuelle.

———

Tu viens de faire le mal. Tu ne te sens pas souffrir ? En es-tu à l'insensibilité déjà ?

De façon ou d'autre, et soit que tu le perçoives ou non, sûrement le malheur est en toi. Et s'il l sort, ce ne sera que par la souffrance.

———

Ayant commis une faute, on n'a qu'une idée, qui est déjà la punition : cacher cette faute, la cacher à autrui, tâche difficile — et à soi-même, besogne aisée. Cachée, la voilà incurable.

———

Ce n'est pas l'excès de volonté, ni l'énergie dans le mal qui font le plus de criminels ; c'est la mollesse dans le bien et la faiblesse de caractère, parfaitement compatibles avec les pires violences.

———

La plupart des malhonnêtes gens sont illogiques et inconsistants dans le mal, comme la plupart des honnêtes gens dans le bien.

Or, ceux-ci attribuent volontiers à ceux-là de la suite dans les idées. Ils font du Diable un personnage très expérimenté, habile et pénétrant, alors que les anges passent pour d'excellentes personnes de nature un peu flottante et d'individualité indécise. Il ne suffit pourtant pas d'être sans scrupule pour être intelligent, et le principe inverse serait bien plutôt exact. Piètre cerveau que celui d'un coquin d'habitude.

Mais honnêtes et malhonnêtes gens s'obstinent à se mal juger les uns les autres, parcequ'ils sont rangés en camps trop distincts. Ne semble-t-il pas qu'ils doivent être bons ou mauvais par destinée ou destination, comme des bêtes d'espèces diverses, tandis que la nature humaine est si malheureusement ou si heureusement une jusque dans ses plus extrêmes diversités ?

Rien de comique comme l'indignation d'un fripon qui découvre une imperfection dans un personnage honorable, si ce n'est l'étonnement des gens honorables lorsqu'ils découvrent que le caractère d'un coquin *ne se tient pas*, c'est-à-dire qu'il peut avoir des prétentions, des velléités d'être « un homme comme les autres ».

Pour se comprendre, il faudrait qu'ils fussent gredins et vertueux tour-à-tour, et ce n'est pas l'usage. Reste donc à observer tour-à-tour les deux espèces, afin de se convaincre qu'elles n'en font qu'une. Et cela rend plus clairvoyant, plus humain pour tous.

———

Dès qu'on entre ou qu'on rentre dans la vérité et si faiblement qu'on aille en son sens, ne semble-t-il pas qu'on soit aussitôt récompensé par un surcroît de force, averti par une impression de satisfaction intime, de bien-être ou au moins de soulagement jusque dans les pires épreuves ?

Observez cet homme qui, ayant commis un acte criminel, le nie et lutte pour se sauver avec toute l'énergie et l'habileté dont il est capable. Malgré sa résolution et son assurance apparentes, il est gêné par l'image du fait que lui seul cependant peut voir au fond de soi. N'est-ce pas le secret des phénomènes de remords chez les coupables dont la conscience n'est pas encore inerte ? Et même en dehors de tout regret, de tout sentiment de responsabilité morale, n'est-ce pas la cause de cette inquiétude, de ce trouble que les plus fermes ont tant de peine à surmonter ou seulement à cacher ?

Même pour des faits insignifiants, quel malaise donne la constatation du faux !

Regardez plutôt ce mur qui n'est pas d'aplomb et que vous voudriez pouvoir redresser ; cet objet renversé, que vous avez envie de remettre sur pied ; cet œil qui louche, et qui inquiète le vôtre. Ecoutez cet homme qui bégaie et dont vous essayez de finir les mots ; cet orateur dont les idées ne se suivent pas et dont votre cerveau reconstruit les phrases ; ces notes fausses que vous rectifiez tout bas dans un morceau de musique. Car chanter et jouer faux, quelle expression exacte ! On pourrait dire aussi chanter vrai, si la vérité en harmonie n'était la justesse ; et l'on dit « chanter juste » comme « peser juste » et « penser juste ».

Qu'est-ce donc, s'il s'agit d'actes graves, émouvants, dramatiques, ayant retentissement jusqu'au fond de l'âme, dans toute la destinée d'un être et de ceux qui le touchent de près ? Quel embarras indéfinissable, inconscient peut-être mais insurmontable, pour celui qui se sent dans le faux ! Non pas sans doute dans la fausseté intellectuelle ou morale, s'il y est devenu insensible ; mais dans cette fausseté matérielle et brutale que le plus dégradé perçoit !

Etes-vous coupable d'avoir frappé la victime ? Question d'appréciation, sur laquelle on peut se tromper soi-même et tromper les autres. Mais est-ce votre main qui a porté ce coup ? Ce couteau était-il en votre possession le jour du crime ? — Comment se taire à soi-même ce mot terrible ? « Oui ; tu sais bien que oui ».

Comme il faut soutenir et prouver « non » contre soi-même, quels efforts incessants, quelle tension nerveuse, quel combat contre les autres et contre soi ! Se divisant soi-même, comment échapper indéfiniment aux effets de ce dédoublement, aux rêves éveillés, à l'hallucination, au vertige, au délire ? Un moment vient donc où l'individu « ne se tient plus ». La vérité qu'il voulait absorber et éliminer l'étouffe. « Il l'a sur le cœur ». Il voudrait la vomir ; comme disent les criminels, il faut qu'il « la crache ». Après les heures, les jours, les nuits surtout, après des semaines et bien davantage peut-être de résistance, de ruses, de combinaisons victorieuses, une défaillance, des nausées le prennent, A son juge, au gardien, à un agent de police, à quelque détenu, il se livre ; « il se lâche ». — « Eh bien, oui ! c'est moi ; mais je suis innocent. C'est dans de telles circonstances et par telles causes ».—

Et le voilà qui entame des récits où il s'imagine concilier l'exactitude matérielle avec la fausseté morale, ses torts avec ses droits, son innocence avec sa culpabilité.

Alors, « il y a un poids de moins ». — Soulagé, il dort, boit, mange, chante, rit et ne tarit pas en confidences. Il se croit rentré dans la vérité, et il retrouve l'équilibre relatif, la logique, le sens de la vie et de la réalité, dans la mesure que comporte sa piètre nature.

O merveille de la loi du bien, qui s'applique jusque dans le mal, et à ceux qui ne veulent que la violer comme à ceux qui ne cherchent qu'à la servir.

Un coupable qui aurait regret et repentir sincères devrait se consoler par l'expiation même de ses torts, et s'affliger d'autant moins d'être puni qu'il est plus coupable.

Or, le plus souvent, c'est d'un malheur mérité que les gens souffrent le plus, et c'est l'infortune injuste qu'ils supportent le mieux.

Rien de plus rationnel. C'est la santé morale qui donne force. Si aigu qu'il soit, le mal accidentel peut la laisser se reconstituer. Le mal chronique la détruit.

Un pervers est un infirme.

Ceux qui n'ont pas acquis l'expérience du mal (par la seule méthode avouable, la connaissance des êtres malfaisants), associent toujours l'idée de violence à celle de désordre moral. En tout criminel, ils veulent voir un brutal et un passionné ; et quel danger par là d'être dupes et victimes de ceux qui ne répondent pas à ce signalement !

C'est au calme apparent, aux raisonnements les plus raisonnables, à la bonhomie la plus accommodante, que s'allie la pire méchanceté, la perversité chronique et incurable. Les plus odieux gredins sont volontiers doucereux, bénins, bonasses. Ils ne recourent à la force qu'à défaut de procédés tranquilles, et ne se commettent, ne se compromettent en besognes hasardées qu'en cas de nécessité urgente. Pourquoi se salir et s'abîmer les mains ? Ils prennent des instruments ; et les autres ne leur en servent-ils pas par leurs passions et leurs intérêts, sans même qu'il y ait à les accepter pour confidents ou pour complices authentiques ? Avec les moindres notions de psychologie pratique, quel outil que le vice dans la misère !

Songez que la brutalité a ses rémissions involontaires et incons-cientes, tandis que l'étude et la culture raisonnée des forces et des faiblesses humaines peuvent ne jamais défaillir. Quoi de plus placide que l'hypocrisie, de plus patient et tenace que la trahison?

Nul n'a plus le mépris du coupable primaire et bête que le coupable capable et supérieur. Quelle sottise de se dépenser en mouvements et en coups grossiers, bruyants, maladroits et mal-propres ! Le tout est de savoir toucher au bon endroit et agir au bon moment, en produisant le maximum d'effet avec le minimum d'effort et de péril. Bon pour les brutes, l'ouvrage mal fait, le mauvais ouvrage. Se servir d'elles, passe encore, avec les précau-tions voulues. Quant à les copier, fi ! On a son rang, et il y a une loi du progrès, même contre le code.

Mais rassurons-nous, peu d'hommes vraiment intelligents sui-vent la carrière du mal ; et bien peu, l'ayant prise, demeurent vraiment intelligents. L'esprit se fausse et dégénère aussi vite que la conscience. C'est ce qui sauve les honnêtes gens. Mais qu'ils ne soient pas assez naïfs pour se défier seulement des coquins avoués, professionnels et patentés. Ils en coudoient dans le monde bien d'autres qui, pour n'être pas classés, ne sont que plus dangereux.

———

Même endurci par le mal, tout homme a ses points de sensibilité, il peut même les avoir hors de lui, dans la personne d'autrui. Car on peut devenir un criminel sans être un égoïste.

Tel coquin resta sensible pour sa vieille mère ou sa petite sœur, c'est-à-dire par elles et en elles. Ce violent qui tuerait un homme sans hésitation, est dévoué à son chien. Un pervers effronté s'attendrira aux souvenirs de son enfance naïve.

De cette consolante unité de nature et de lois humaines, on s'étonne comme d'anomalies absurdes. C'est que le criminel n'a pas tort de se croire « un homme comme un autre ».

— « Nos semblables », pourquoi l'ignorance et l'orgueil nous cachent-ils le sens profond de ce mot? De l'extrême bien à l'extrême mal, l'homme se ressemble et procède de même. C'est ce qui devrait inspirer modestie et prudence aux honnêtes gens, courage et espoir aux autres.

———

Un vieux savant, (très savant en mécanique) avait la singulière habitude de rire silencieusement en se frottant les mains chaque fois qu'il apprenait quelque iniquité criante.

Pressé un jour de s'expliquer sur cette manie : « C'est simplement, dit-il, que chaque fois je constate qu'il y a sûrement *autre
chose*. Car il faut que tout finisse par l'équilibre, au physique et
autrement : et ce que nous voyons dans la vie n'y suffit évidemment pas. Alors, je me réjouis ; mais je ne dis rien, puisque je ne
sais pas ce qu'il y a d'autre ».

Un homme de cœur dévoué aux autres et par conséquent leur
dupe, philanthrope obstiné par bonté et misanthrope à ses heures
par clairvoyance, disait un jour de tristesse : « Vivre pour l'humanité, quand on la connaît, quel métier ! Mieux vaudrait mourir
pour elle. On en serait débarrassé ».

———

L'hypnotisme et les rayons X montrent suffisamment qu'un jour
viendra où se pénétrera tout ce qui est et tout ce qui se fait. Corps
et âmes, on sera traversé en tous les sens les uns par les autres.
Pourquoi et comment alors combiner le mal ? Ce sera donc la
nécessité du bien par la science et la conscience universelles.

VII

Essayez de compter les gens qui ne pensent que les uns par les
autres, en simple répercussion nerveuse.

Les combinaisons d'images se produisent dans leurs cerveaux
comme les combinaisons de sons dans les fils de télégraphe que
frappe le vent. On appelle cela « avoir des idées ». — « Avoir »,
est bien ambitieux ; « idées », également. Dit-on que le poteau
télégraphique compose de la musique ?

———

A la nuit tombante, vous passiez rapidement devant une
chaumière. A travers la lucarne, dans l'ombre, un regard vous
saisi. Cet œil fixe, profond, plein de pensées, vous attire. Vous
pénétrez dans le réduit. C'est une étable. Un bœuf tourne la tête.
C'était lui.

En reprenant votre route, vous vous demandez, non sans
mélancolie : « De tant d'yeux et d'êtres humains que je crois voir
pensants, pensifs et penseurs comme je voyais ce ruminant,
combien pensent notablement plus que lui, combien de temps et
combien de fois ? »

———

Tout asservi que l'on soit on croit toujours avoir les idées libres, et volontiers l'on se contente de cette croyance qui dispense de lutter pour l'affranchissement réel.

Pas plus réellement libres ne sont les idées que la personne de celui qui ne s'est pas rendu lui-même moralement maître de soi. Servile est l'imagination d'un ignorant, et la pire ignorance est l'inexpérience de l'action. Quoi de plus passif et de plus machinal que cette imagination dans ses hardiesses et ses dérèglements prétendus? Découvrir la vérité? Elle n'invente même pas l'erreur, dont elle se borne à varier, en les copiant, les formes les plus rebattues. Même dans les révolutions que de vieilleries rééditées dans des traditions primitives !

Pour un individu, comme pour une société, proclamer sa liberté c'est tout plaisir. Reste à faire, et c'est la peine. Comment ne pas préférer les formules toutes faites et les mots flatteurs, aux efforts nouveaux et aux actes fatigants ? Ayant dit *fiat lux*, on attend que les ténèbres disparaissent.

Qu'aiment le mieux les enfants dans un livre, le texte ou les images ? Même règle pour les enfants vieillis épelant le livre de la vie.

Te rappelles-tu? Promenade matinale : air frais, lumière limpide, des fleurs ; un gros arbre, un tulipier. Comme tu marchais, une profonde révélation de vérité t'apparaît à l'esprit. Mais une mouche se cogne à ton front. Perdu ce qui était ta pensée. Comment la retrouver ?

Un an après, tu passes au même lieu. Même temps. Voici qu'un moucheron t'effleure le visage. Reparaît ta pensée en lumière étincelante. Elle est toute à toi, cette fois. Mais pas de papier pour la fixer. Elle s'évanouit ; elle restera morte, à moins qu'un insecte la ressuscite avec l'aide d'un vent frais, d'une lumière bleue, d'un tulipier et d'un bout de papier.

Fais le dieu, pauvre homme. Et crois penser, comme être, par toi-même, sans le reste.

Pour parvenir à une situation, mieux vaut s'en croire doublement digne, l'étant seulement à moitié, que se croire à moitié digne, tout en l'étant doublement.

Même involontairement, c'est à notre idée que nous proportionnons nos efforts. Et quant au prochain, nous donne-t-il jamais plus que nous ne nous supposons dû ? S'il part de ce que nous réclamons, c'est pour en rabattre le plus qu'il peut.

Pour trouver plaisir à exécuter une besogne, rien de tel que d'en avoir une autre plus ennuyeuse qui devrait passer la première.

Purement critique, l'esprit de contradiction?—C'est constamment lui qui nous fait agir, même sur nous-même !

Comment voulez-vous qu'un myope ne soit pas un observateur minutieux, attentif, mais hésitant à l'action et court dans ses mouvements ? Il est obligé de tout regarder de si près !

Un homme qui éprouve de l'impatience a grand'peine à s'empêcher de marcher, ne serait-ce que de long en large. Il se donne physiquement l'illusion d'aller à ce qu'il veut ou de s'éloigner de ce qu'il ne veut pas.

Le cerveau, estomac de l'intelligence, avec la curiosité pour représenter l'appétit et le goût pour discerner ce qu'on ingère.

Ce qui ennuie ne se digère pas, et c'est du cerveau qu'on bâille comme de l'estomac.

Les gens qui produisent couramment de l'esprit par écrit, en sont rarement prodigues dans la conversation. Ils n'aiment pas à gaspiller leurs munitions et leurs vivres.

N'ont-ils pas dépensé au jour le jour ce qu'ils avaient et même plus ?

De là les déceptions d'un auditoire convié en réunion particulière avec des professionnels de l'esprit. S'il n'ont pas fait provision préalable d'improvisations, ils semblent piteux ; —« cela ne vient pas ». — Si la provision était faite, il faut qu'ils partent dès qu'elle est épuisée.

Baissez la toile !

Esprit, spirituel. — Sans faire tort au sens profond de ces mots, qu'il partage avec les autres peuples, le Français leur a donné une signification à la fois spéciale et générale, dont l'étranger se rend malaisément compte et qu'il ne parvient guère à traduire.

Esprit. — façon vive, spontanée, ingénieuse, nette et changeante de considérer et de représenter les choses et les gens. C'est surtout en paroles, où l'improvisation est si prompte, que l'esprit aime à se manifester. Mais il peut se produire sous toutes autres formes.

Peuvent être spirituels un livre, un dessin, une statue, un air de
musique aussi bien que l'*air* d'une personne, une attitude, un
geste, un clin d'œil, un pli de la bouche.

Et cette mobilité d'impressions, cette facilité et cette rapidité
d'expression, peut-être le Français les doit-il tout d'abord à son
climat tempéré et varié, à ces effets de lumière si finement nuancés,
éclairant des paysages si divers.

Alerte et gai, sensible et inventif, abstrait et passionné,
improvisateur et pénétrant, remuant et pensif tout à la fois, tel
apparaît l'esprit français, l'esprit d'un pays sujet, sans excès
extrêmes, aux variations et oppositions incessantes de chaleur et
de froid, de lumière et d'ombre, doté de mers, de montagnes, de
fleuves répartis en tous sens, riche de natures, de conditions, de
vie et d'aspects si différents.

Et que les étrangers lui pardonnent, s'ils peuvent, d'être
spirituel, puisqu'il reste bon pour les autres et n'est médisant que
de lui-même.

————

Tu viens de te reposer, de dormir, de vivre ou te laisser vivre
comme une bête, sans réflexion ni volonté. C'est le moment de faire
le penseur, l'âme éthérée, le génie libre.

La force cérébrale s'est reconstituée en toi, dans l'inconscience,
comme l'électricité s'amasserait à l'état obscur en quelque appareil
récepteur qui se rechargerait tout seul.

Te voilà en état de tension. Les mystérieux courants s'établissent.
Que la lumière se manifeste, que le fluide pensant jaillisse ! Parle
et écris, conçois et crée. De la brute, passe au pur esprit. en
attendant l'inverse.

————

Bizarre, ce crayon ; il écrivait si bien hier, et comme il va mal
aujourd'hui ! —

— Ce crayon ? dis ta main, qui le tient. — Ta main ? Ton cerveau plutôt. Car qu'est-ce que l'écrivain, sinon un cerveau avec
une main au bout ? Mais ce cerveau n'est-ce pas ton cœur qui le
mène, comme le reste de ta machine ? Et qu'est-ce qui mène ton
cœur en ce moment même ?

Serait-ce ce nuage noir qui fait ton griffonnage en passant au-
dessus de ta tête ; ou cette femme, dont l'image te poursuit ; ou ce
pauvre diable, pour qui tu avais été si dur et qu'on enterrait l'an
dernier à pareil jour ; ou cette mouche qui te harcèle ; ou ce degré
du thermomètre qui rend la mouche harcelante ?...

Pauvre inconnaissant et inconscient, qui t'imagines agir toi-même et qui, en tout ce que tu crois faire, subis tout ce qui est en toi comme n'importe quoi d'autre, sur ce globule terrestre où tout est d'un seul tenant !

En toute action s'exerçant par contact d'homme à homme et tout d'abord par la parole, vous êtes immanquablement arrêté par des gens préoccupés sans doute de vos intérêts et de votre santé, qui vous crient : « N'oubliez pas que l'émotion n'est pas nécessaire pour émouvoir, et qu'elle gêne pour faire sentir ce dont on est ému ». — Mais émus, eux-mêmes ceux-là ne le sont guère, ni très émouvants non plus.

Et comment production n'exigerait-elle pas dépense, comme tension de vapeur implique élévation de température ? Sans confondre froid et froideur, sans méconnaître que de prétendus impassibles peuvent être en réalité des impressionnables méconnus, qu'on se défie donc des faux sceptiques comme des faux croyants, et des faux indifférents comme des faux passionnés.

Sans chaleur interne, comment faire rayonner chaleur externe ? On n'échauffe comme on n'éclaire, qu'en se brûlant.

Ce n'est pas aux autres seulement, c'est à soi qu'on révèle sa pensée quand on l'exprime.

Qui pense seul se dédouble pour se parler à soi-même. Le monologue est un dialogue entre deux personnages, dont un qu'on ne voit pas. Mais on l'entend, puisqu'il se réplique.

Quelle est l'impression d'un auditoire sincère en face d'un orateur véritable ? — « Il parle ainsi, parce que je pense ainsi. Il s'exprime bien parce qu'il m'exprime bien. » — Mais que répond la critique ? « C'est vous qui vous bornez à ressentir ce qu'il éprouve. Si vous pensez ainsi, c'est qu'il parle ainsi. »

Et l'avis de l'orateur ? — C'est que tous ont raison. L'inspiration est mutuelle, et l'action réciproque. Comme l'électricité qui jaillit en étincelles à la jonction des fils, le courant qui devient lumineux au cerveau et par la bouche de l'intermédiaire commun a passé obscur en ceux qu'unit cette vie plurale, si éphémère qu'elle soit.

En lui se manifeste l'âme collective d'un instant. Il n'invente pas, il découvre. Il prend et il rend. Etranges phénomènes de fécondation, de génération psychique dont il est le siège et non la

cause ; mystère de révélation, d'incarnation du Verbe qui s'accom-
pit en lui grâce aux autres et dans les autres par lui.

On voit des parleurs, diseurs, réciteurs, monologueurs, discou-
reurs, rhéteurs, sermoneurs, et autres appreneurs par cœur si
habiles, (— tout sauf orateurs —), qu'ils parviennent à débiter
comme improvisation des morceaux composés à l'avance. Art de
déguiser la mémoire en imagination, l'écriture en parole, la
pauvreté en abondance, la servilité en inspiration. Et quel ingé-
nieux calcul de tromper à ce jeu les auditeurs inexpérimentés !

Le malheur est, pour celui qui parle ainsi, de regarder dans sa
tête et non devant lui, de dédoubler ses forces et sa personnalité
pour se copier, se rappeler, se jouer lui-même. Car il se fait
l'acteur de ce dont il est l'auteur, sans pouvoir changer les scènes,
ni conduire ou seulement suivre sa propre pièce. Pas plus il ne
tient son sujet que ses auditeurs et lui-même. Il reste à la merci
d'une interruption, d'un incident, d'un mouvement réel de la vie
des assistants. Car ceux-là sont tout entiers à leur affaire et à la
sienne. S'ils l'y reconnaissaient étranger, comme il est, ne leur
paraîtrait-il pas ridicule, fastidieux, irritant, à tel moment peut-
être ahuri, halluciné, aliéné ? Car il n'est pas à ce qu'il fait, il n'est
pas celui qu'il est. Et il va ; il va sans voir, sans entendre, sans
s'entendre même en s'écoutant.

Grand bien fasse aux appreneurs par cœur !

« On nous reproche de pouvoir parler sans rien dire, s'écriait un
vieil habitué du barreau. Et comment faire, par moment ? On n'a
pas toujours chaque affaire présente à l'esprit, en toutes ses parties. Et souvent il faut commencer ou continuer malgré tout à
plaider. Dans les débuts, cela gêne ; on s'y fait très bien ensuite,
trop bien même. Mais les juges s'en aperçoivent quand ils veulent,
mieux peut-être que l'intéressé ; car c'est eux, alors, qui seraient
gênés s'ils écoutaient tout. Avouons qu'ils sont parfois plutôt
enclins à n'entendre quasiment rien.

« Je me rappelle un confrère, se destinant, il est vrai, à la
politique, qui me déclarait : « je suis content, je puis maintenant
parler vingt minutes sur une question d'ordre général sans l'avoir
étudiée. » — Pourquoi nous faire un reproche de ce qui nous est si
peu particulier ? Si, par intervalles, le juge sait être sourd à ce

qu'il entend, pourquoi l'avocat ne saurait-il pas parler dans l'intervalle de ses pensées ? »

« — Cruels, les juges, disait un avocat. Ils nous refusent à boire durant les audiences. Ils croient se défendre, et ils n'y gagnent guère. Parler à sec est une habitude à prendre, et l'on ne devient que plus redoutable ; car, si l'on ne savait se passer de l'eau du dehors, quel embarras lorsque la langue échouerait dans la bouche faute de salive ! Ce qu'on appelle *langue de bois*. — Aussi les glandes salivaires sont-elles dressées à fonctionner pour notre métier, et quand nous avons à parler, l'eau nous vient proportionnellement à la bouche.

« Alors les juges compensent le perfectionnement de nos organes par l'éducation professionnelle des leurs. Leur outil c'est l'oreille. Si l'avocat est, par définition, un animal qui parle sans boire, le juge est un être qui, bon gré, mal gré, s'apprend à n'entendre qu'avec discernement, même à oreilles ouvertes. Comme nous sortons de chez nous sans vergogne, il se renferme chez lui sans scrupule. Et il garde grand avantage sur nous ; d'abord, parce que c'est lui qui juge : ensuite, parce qu'on ne peut humainement savoir si un homme entend ou non, lorsqu'il a les oreilles et les yeux béants. Tandis que par la bouche ouverte et par ce qu'il faut bien en faire sortir, nous donnons fatalement prise.

« En somme, bouches et oreilles, soyons indulgents les uns pour les autres. »

On peut n'être jamais moins isolé que dans la solitude, et jamais plus abandonné qu'au milieu d'une foule.

Qui se souvient, qui pense et qui aime, n'est jamais seul. Constamment seuls sont l'oublieux, le sot et l'égoïste.

Paradoxe, incursion que l'esprit fait dans le faux par amour de la nouveauté, faute de force et de pénétration pour s'étendre dans le vrai. Même cas que celui du peintre qui fait de la laideur, faute de trouver et de rendre de la beauté. La vérité, comme le beau, a ses contrefaçons et ses caricatures.

Ton cœur saigne ? Trempe ta plume. On n'écrit vrai qu'avec son sang.

Livre ou statue, tableau ou discours, médaille ou poème, monu-

ment ou musique, toute œuvre ne donne vraiment une impression
de vie que si l'auteur a réellement vécu et est mort en elle une
part de son être. Il faut qu'il *s'y soit mis*, et qu'il y ait trouvé
cette somme de plaisir et de souffrance qu'implique toute création
Alors, c'est et ce sera vivant. Sinon...

Voyez ce groupe de figures sculpturales, cette série de bâtiments
d'architecture savante, cet opéra où se combinent tous les effets
d'harmonie, cette harangue destinée à être lue sans être écoutée,
ces vers longuement alignés au cordeau, ces amas de compositions
peintes, — qui ont pu coûter tant de travail, d'argent, de talent
même : ce n'est pourtant que bronze creux, pierre froide, vibra-
tions heurtées, paroles boursouflées, résonnances et consonnances
factices, toiles vides. Cela n'a jamais vécu, cela est né mort.

Mais regardez en passant cette simple fenêtre d'un vieux logis
artistique, ce torse antique mutilé, ce pamphlet de passion éteinte,
ces vers d'un drame oublié, ce profil de camée brisée, ce masque
grimaçant dans les sculptures d'une cathédrale. Regardez en
traversant les galeries d'un musée ce portrait d'inconnu dont les
yeux vous suivent, ce front de penseur qui médite avec vous, ce
chien qui guette, ce vagabond qui dort, cette cheminée qui fume
dans un paysage endormi, cette silhouette d'enfant qui se penche,
ce sourire de jeune fille qui vous arrête au passage. C'est toujours
vivant, parce que c'était vécu.

La vie a passé là, elle y revient avec vous, elle y restera pour
d'autres après vous. Ce peu, ce rien où elle palpite sera ressenti,
pensé, traduit sans cesse. Les sentiments et les idées qu'elle a
enfantés là, les révélations de vérité et de beauté qu'elle y a
enfermées, la lumière et la chaleur qu'elle a créées en se consumant,
se raniment dans les spectateurs successifs en s'adaptant à leurs
conditions propres d'existence. C'est en sacrifiant une partie de
lui-même que l'auteur l'a perpétuée, et c'est en s'épuisant qu'il aura
fécondé les autres.

Ainsi l'homme ne donne la vie qu'en donnant sa vie, et la destruction n'atteint de lui que ce qu'il ne sait pas mettre en œuvre et
passer à autrui. Un instant suffit pour traverser les siècles.
L'immortalité vraie, la survie réelle qu'il est si vain de confondre
avec l'illustration personnelle et posthume puisque tant de forces
restent inconnues et tant de génie anonyme, — appartient à qui
sait sortir de soi, s'incarner hors soi, faire rayonner son âme avec
celle des autres, élever son être à l'au-delà,

4

Surnaturel, — qu'appelons-nous ainsi ? L'au-delà de ce que nous connaissons dans la nature.

Surnaturel, — il faudrait traduire surhumain, puisque l'homme se prend modestement pour type de l'intelligence, pour incarnation de la providence et de la conscience de l'univers.

Encore est-il consolant que ce type progresse ; c'est ce qui permet, à mesure que la science s'étend, de faire rentrer le surnaturel dans la nature. L'homme daigne ainsi graduellement rendre aux lois de l'univers le domaine de son ignorance, qu'il croyait naïvement laissé à ses fantaisies d'imagination.

Si haut et si loin qu'on regarde, on ne voit qu'à travers ses yeux. C'est par le dedans de soi qu'on perçoit le dehors. Même pour se faire une idée de l'infini, c'est en soi qu'on cherche, comme l'astronome observe l'immensité au foyer de son télescope.

Dans tous les temps, il a bien fallu que les hommes prissent en eux-mêmes l'image du surhumain, sauf à se modeler ensuite sur elle. Ils ont fait leur Dieu à leur image, avant de se faire à la sienne.

Un Dieu, c'est son homme grossi ; un homme, c'e t son Dieu rapetissé.

VIII

On répète à ceux qui souffrent, « Soyez patients ». — S'ils l'étaient, quand cesserait-on de les laisser souffrir ?

De toute époque et en toutes langues, on ne peut lire un livre traitant de la vie et des mœurs publiques, sans y voir déplorer la dégradation du siècle. C'est humiliant pour tous les siècles et consolant pour chacun.

Se plaindre, premier besoin et soulagement nécessaire de tout ce qui souffre, c'est-à-dire de tout ce qui vit, — tellement nécessaire qu'il est presque suffisant. Qui s'est assez plaint s'apaise et s'endort.

N'est-ce pas l'effet le plus appréciable de cette faculté de crier qu'on appelle la liberté de la presse ? Colère qui se dépense en tapage ne s'amasse pas pour l'action.

Vraiment dangereux sont ceux qui gardent leurs passions sous pression. Prenant tout leur volume à l'air libre, elles n'auraient plus force explosive.

_____

Est bien menée une affaire, une tâche ou œuvre; nul ne s'inquiète de ses difficultés ni de son importance. On ne s'avise même pas du fait qu'elle est bien menée. A peine dit-on, — employant des verbes impersonnels pour ne mettre la chose à l'actif de personne : « Cela réussit, ça marche »; Et à celui qui peine pour conduire : « Vous êtes bien heureux; ça va tout seul ».

Et lui, ne sait-il pas ? — Il est suspect.

Mais consolons-nous, si la besogne vient à se faire moins heureusement, celui qui en a la charge a chance d'être apprécié, plaint ou loué davantage. Moins digne ou non, qu'importe ?

N'est-ce pas l'histoire du peintre qui représente avec tant de perfection dans son tableau une perspective ou un raccourci, que les spectateurs ne s'en aperçoivent pas, sauf les gens du métier. Et peut on raisonnablement compter sur eux pour constater la supériorité du confrère, s'il est vivant ?

_____

Vous faire petit pour qu'on vous laisse au moins une petite place ? Quelle erreur ! on vous en donnera plutôt une grosse, si vous paraissez de taille à la prendre.

_____

Etre indifférent à la politique ? — Mais il n'est pas jusqu'aux vertus essentielles qui ne changent selon l'état politique d'un pays.

Voyez le cas de la modestie : — Vertu à canoniser dans les sociétés où l'on ne peut s'élever qu'exceptionnellement par le mérite, et où les classes comme les individus doivent se contenter de leur sort, faute de pouvoir en changer.

Défaut qui se confond avec la timidité et qu'on prend pour signe d'incapacité dans un état socia' et politique où chacun peut prétendre à tout et où personne n'arrive à rien qu'à force d'assurance.

_____

On disait, pour louer un homme, qu'il était sans ambition. — « Sans ambition, en temps de liberté ? » répliqua un personnage d'expérience. — « Une vertu peut-être; mais quelle infirmité ! Donnez à ce malheureux le prix Montyon et un lit à l'hôpital. »

_____

— « Décidément disait un homme public très indépendant de

caractère et de conduite, je n'ai pas l'esprit fait pour la politique. C'est quand un parti se trouve dans l'opposition qu'il m'est sympathique : car il ne manque pas d'invoquer la justice. Comme il ne la pratique pas étant au pouvoir, il me devient antipathique, et je n'ai jamais que les ennuis du métier. »

Alors, vous croyez que par l'égalité, les gens entendent simplement n'être pas, en principe, inférieurs les uns aux autres ? Non pas ! Tous veulent en réalité être supérieurs, ou au moins chacun à son tour.

Heureusement que chacun est à tout moment supérieur et inférieur à qui que ce soit en quelque chose, et c'est ce qui rend l'existence supportable à tous.

Toujours on s'étonne de voir arriver un médiocre au succès, et l'on dit : « Il n'a pourtant pas d'idées. » — C'est qu'il avait l'idée de réussir, et qu'il ne le voulait pas médiocrement.

En quelque situation, haute ou basse, que l'on soit, il faut avoir du mérite pour reconnaître et servir le mérite d'autrui. La nullité ne comprend pas la valeur, et comment l'aimerait-elle ?

Ne croyez donc pas plus au dévouement inférieur qu'à la protection supérieure d'un sot, pour un homme de valeur ou de mérite, à moins que celui-là ne soit assez naïf ou assez habile pour être ignoré en ce qu'il fait, ou à moins que l'autre ne croie que c'est lui. Et pour un chef, quoi de plus aisé à croire ?

Sans les défaites, un parti ne serait conduit que par les présomptueux, les intrigants, les égoïstes ou à leur défaut les médiocres. C'est la nécessité qui fait reconnaître et subir les chefs les plus dignes. Mais le péril passé.....

Disproportion du succès au mérite ; — anomalie que nous jugeons déplorable lorsqu'elle se produit à notre désavantage, et qui cependant est plus fâcheuse encore si elle se produit à notre avantage apparent.

Piédestal trop grand pour la statue, ou statue trop petite pour le piédestal, — voilà ce que l'on voit constamment en hauts lieux. Effet : amoindrissement de la personnalité proportionnel à son élévation.

Un homme semble trop petit, de tout ce dont sa situation est trop grande. Combien auraient gardé, vivants et morts une réputation enviable, s'ils n'étaient montés trop haut.

Il est clair que l'orgueil, la présomption ou la vanité aidant chacun considère son ambition et son succès comme servant au bien des autres. Pas d'homme public sérieux qui croie désirer le pouvoir pour son unique satisfaction personnelle.

Mais soit que cette satisfaction le détermine plus ou moins inconsciemment dans ses actes, quelle déception elle lui prépare, et aux autres donc !

Gouverner, c'est penser aux autres, puisque c'est pourvoir à leurs besoins ; et l'on ne connaît vraiment que ceux pour qui l'on a sympathie sincère. Ne penser qu'à soi, impuissance irrémédiable, inévitable déchéance.

Si bonne mesure qu'on leur fasse, les grands personnages n'aiment pas qu'on prétende mesurer leur mérite. Car c'est leur faire tort de ce que l'imagination leur prête et qui constitue souvent le plus clair de leur supériorité.

N'être pas simple et bon dans une haute situation, n'est-ce pas avouer que l'on n'était pas fait pour l'occuper ?

La haine fait plus parler des gens que l'affection, et c'est ce qui console les ambitieux d'être haïs.

S'il n'y avait que les amis d'un personnage pour reconnaître et faire connaître sa supériorité !.... Mais ses ennemis s'en chargent. Leur clairvoyance le met à son rang, et leurs attaques lui rendent justice.

Souffrir d'être inconnu ou d'être méconnu, d'être méconnu par ses partisans ou par ses adversaires et parfois des deux côtés, — voilà le sort de ceux qui se vouent aux affaires publiques.

Certains personnages portent le pouvoir comme un enfant tiendrait un sabre. Quelle inquiétude pour les autres et pour eux ! Et toujours se produit quelque mauvais coup.

D'autres maniant la massue comme Hercule une baguette, donnent une telle impression de vigueur et de sécurité que l'occasion ne leur est pas laissée de lever le bout du doigt.

Armer la force, soit. Mais la faiblesse armée, quelle calamité !

Il y a des gens tellement habiles, qu'ils ne donnent aucune sécurité à qui les approche ; leur loyauté est de si bon aloi, qu'on trouve avantage à se ranger tout d'abord parmi leurs adversaires, faire de leur inimitié un honneur et de leur amitié un danger, — ah ! les profonds politiques !

La gent naïve admire volontiers la résistance de certains personnages publics, aux souffrances morales. C'est qu'ils souffrent peu ou point, malheureusement pour les autres et pour eux-mêmes. — Indifférence, insensibilité ; par insensibilité, défaut de discernement et inintelligence. Sous cette force et cette supériorité apparentes, faiblessse et déchéance réelles. Inévitable chute finale.

———

L'homme sincère, si souvent victime de ceux qui ne le sont pas, ne se doute pas de l'avantage qu'il aurait sur eux s'il daignait les observer et s'il savait agir au bon moment.

Poussant droit devant lui, avec toute son intelligence, sa conscience et son énergie, comment ne les mettrait-il pas en déroute, alors qu'ils sont habitués à diviser leur action et leur individualité, à immobiliser ou inutiliser une partie de leurs forces pour contenir ou couvrir l'autre, à se dépenser en feintes et en ruses, en marches et contre-marches ?

C'est l'histoire de ces hommes d'Etat dont le jeu est si compliqué qu'ils n'ont pas d'amis et qu'ils se font battre par le plus médiocre adversaire sachant bien ce qu'il veut.

———

Tels hommes politiques, — très politiques en effet, — parviennent à la députation en prenant les programmes qui ne doivent pas mener au Ministère, et arrivent au Ministère en abandonnant les programmes qui les ont menés à la députation.

De ces évolutions, tout le monde n'a pas l'aspiration, le goût ou l'habileté. Quel art pour éviter les apparences de préméditation, pour choisir le moment et les moyens d'opérer, pour céder uniquement à l'intérêt public, au patriotisme, aux vœux des électeurs même dont on remanie le mandat ! C'est le secret du métier, ce double métier parlementaire et gouvernemental où l'on s'exerce à passer de l'opposition au pouvoir, de l'électif à l'exécutif, et inversement s'il y a lieu. Il y faut le tour de main, et gare au tour de reins. Mais qui ne risque rien n'a rien.

———

— « Pourquoi tant de déclarations et de promesses dans votre

profession de foi, » demandait-on à u i candidat. « Elles vous
gèneront. » — « Mon cher c'est du lest. »

Solliciteurs autour du pouvoir, armée de mouches sur un plat.
Rassasié ou exaspéré par moment, on crierait volontiers : « Débar-
rassez-moi ! » — Mais l'appétit revient toujours, et l'on garde ou
l'on reprend le plat avec les mouches. Car ensemble ils passent en
toutes mains, tant que plat et mouches il y a.

Un solliciteur peu estimable faisait, avec plates flatteries, appel
à la bonté d'un personnage. « Monsieur — dit le personnage — il
ne s'agit pas de savoir si je mérite d'être bon, mais si vous
méritez que ce soit pour vous ».

On demandait à un Ministre assailli de solliciteurs comment il
pouvait se montrer si aimable pour eux. « Je ne m'intéresse pas
assez à eux, répondit-il, pour leur être désagréable ».

Que de gens ne savent remercier que pour demander encore !
Leur reconnaissance n'est même pas l'aveu d'une dette ; c'est un
titre de créance sur le bienfaiteur.

Et ce sont ceux-là qui obtiennent parce qu'ils sont importuns.

A la façon dont les gens discourent et se débattent, on les
jugerait pleins de haine chacun contre les autres — Eh, non !
Pleins d'amour chacun pour soi-même, simplement, donc nécessairement gênés par les voisins.

La haine excèderait, comme on dit, la moyenne des moyens et
des situations. Tout le monde ne joue pas la tragédie, ni même la
comédie sérieuse. Le vaudeville ou même la parade de foire
suffisent à l'ordinaire de la vie.

Quand les évènements y poussent, on se hausse au drame, il est
vrai, et les acteurs montent en grade. On en voit alors se révéler
tragédiens. La plupart restent pourtant inférieurs à leur rôle, et
la disproportion de leurs prétentions à la valeur de leur personnalité produit des effets burlesques jusque dans le lugubre.

Mais qui a la force, le loisir et le goût de jouer les critiques en
pareils moments ? Les spectateurs ne sont-ils pas eux-mêmes tout
entiers à la pièce, comme figurants et exécutants, très sincèrement,
très involontairement eux aussi au-dessous de la situation ? La

critique, si elle se produisait, resterait donc sans public ; et tout va comme cela peut jusqu'au dénouement, s'il y en a un.

N'est-ce pas l'histoire des Révolutions.

Il semble que la force active d'une nation soit, encore plus que celle d'une machine le produit de la pression subie, c'est-à-dire des résistances et des obstacles opposés à son expansion.

Peuple qu'on opprime, ressort qu'on tend. Gare la détente !

Au premier mot, au mot le plus vulgairement usuel peut se révéler le caractère d'un peuple comme celui d'un individu. — « Comment allez-vous ? » se disent deux français qui s'abordent. Idée caractéristique : le mouvement. — « Comment faites-vous ? » dit l'Anglais. Fait caractéristique : l'action.

N'est-ce pas un honneur pour nous que, dans notre langue, franc et Français soient synonymes ?

Si la langue d'un homme peut mentir, comment le pourrait celle d'un peuple ? Soit qu'il le veuille ou non, elle dit ce qu'il pense et ce qu'il est. Dans les expressions se fixent les impressions, et dans le dictionnaire se déposent les formes de la vie intellectuelle, comme dans le sol les résidus de la vie physique.

Ce qu'on est obligé de réclamer aux gens est apparemment ce qu'ils ne donnent pas spontanément.

Or, en toute assemblée anglaise, que crie-t-on aux assistants et que se recommandent-ils les uns aux autres par une sorte de grognement d'ailleurs peu articulé mais très caractéristique : « Hear, Hear ! » — Ecoutez, écoutez ! — « Silence, silence ! » répéte-t-on dans une assemblée française.

Signe et aveu, chez les Anglais, que chacun s'ouvre peu aux autres ; et chez les Français, qu'on parle trop volontiers pour laisser entendre autrui.

D'un côté, tout rapporter à soi et enfermer en soi. Mâchoires serrées ; personnalisme ou égoïsme. — De l'autre côté, tout épancher au dehors. Desserrer les dents ; expansion et bavardage.

Et pour cause première de ces différences, simplement peut-être le climat.

Il y a dans la manière si habituelle aux Français de parler avec plaisanterie, avec raillerie parfois, des choses et des gens qui leur sont le plus chers, une sorte de pudeur cachée que les étrangers ne comprennent guère ; et ils affectent de n'y voir qu'un défaut de sensibilité, de réserve, de délicatesse et autres vertus de leur connaissance.

C'est précisément, chez nous, de ce qu'on sent et de ce qu'on pense profondément que l'on plaisante, comme on chante ce qui ne pourrait se dire sans que les âmes se pénètrent à fond Car c'est un genre d'opération auquel on n'aime pas à se livrer dans une banale réunion du monde et devant des indifférents.

Ainsi l'on se donnera l'air de plaisanter sur l'affection pour les vieux parents et les petits enfants, sur la passion patriotique, le sentiment du devoir, le devouement à l'être aimé.

Manière délicate de glisser une larme inaperçue dans un sourire — Habitude de marquer par effets contraires, de dessiner par contre-vérités et comme à contre-jour, les sentiments sérieux qu'on éprouve ; car il semblerait ridicule ou pénible d'en faire la démonstration lourde, l'affirmation crue, l'étalage et la mise en scène. — Art d'adapter au ton de la conversation, du badinage même, des sujets qui comporteraient parfois l'élégie, sinon le drame.

A cette façon de parler aucun Français ne se trompe. Presque tout excellent à tisser ainsi la pensée comme une étoffe avec dessin à l'envers, fixant et nuançant les sous-entendus, les doubles-sens et les doubles-trames d'un entretien.

Mais les étrangers, déroutés à cet exercice et à ce jeu, prenant au propre ce qui est au figuré, au sérieux ce qui est en ironie, inquiets, déconcertés, se hâtent de conclure : « Rien, décidément, n'est sacré pour ces Français. Ce sont des cyniques ou des moqueurs, des *blagueurs*, comme ils disent, et des sceptiques ».

Sceptiques, les Français, ces incorrigibles idéalistes, naïfs jusque dans leurs fanfaronnades d'esprits forts! Mais libre à vous, messieurs de l'étranger, d'en croire ce qu'il vous plaît.

Entre ceux qui peuvent procréer ensemble, la nature veut ou permet, apparemment, qu'il y ait famille.

Il faut donc que l'humanité s'achemine à la sociabilité, à la fraternité universelle ; et c'est à quoi les Français sont trop réellement aptes pour n'avoir pas de sérieux services à rendre et une place utile à tenir dans l'œuvre de la civilisation.

Ce qui déroute, dans les prévisions d'action sur les hommes, c'est que, lorsqu'ils sont assemblés, leur total n'est nullement égal et identique à la somme des parties. C'est « autre chose » qui se produit, un être éphémère et parfois instantané, un animal collectif inconnu et le plus souvent inconscient.

C'est ainsi qu'à leur grande surprise, 99 personnes raisonnables et une personne raisonnable font cent fous — quatre cents fous peut-être si chacun l'est comme quatre. Il est vrai que 99 hommes et un homme peuvent aussi bien se trouver équivalents en totalité à une femme ou à un enfant. Car chacun peut perdre son caractère propre, disparaître comme personnalité individuelle, et ne plus représenter qu'un fragment ou segment d'un organisme innommé, d'âge et de sexe indécis.

———

Une scène pathétique au théâtre. L'âme des spectateurs plane dans l'idéal. Paraît un chat ahuri, qui court en cercle devant la rampe et s'enfuit dans les décors. Instantanément, la grande âme humaine s'est pâmée de rire ; et faites-la donc remonter à l'Empyrée !

Une assemblée n'a pas d'âge, et l'âge de raison moins que tout autre. A l'improviste elle redevient enfant, et ne prétend-on pas que même composée d'hommes, elle est du sexe féminin ? Elle a si aisément ses nerfs ! Lorsqu'elle sommeille, gare aux réveils imprévus ! se mettant en gaîté, elle rirait au nez de la mort.

« Le danger manifeste du régime parlementaire, disait un homme public qui aurait pu devenir ou redevenir ministre, c'est de faire prédominer la parole sur les actes, et par conséquent la critique sur l'action. Même en un pays où la parole est aussi facile qu'en France, peut-on vivre de phrases et se payer toujours de mots ?

« Quand le Parlement a parlé au gouvernement et le gouvernement au Parlement et par lui au public, — quand les parlementaires délibérant au Sénat ou à la Chambre des députés ont parlé aux parlementaires chargés d'aller délibérer quelque temps dans un ministère auprès des administrations publiques, — quand un Ministre, après avoir parlé du matin au soir en conseil, en commission ou en assemblée, dans les couloirs ou dans son cabinet, dans des cérémonies ou solennités quelconques, est parvenu à parler aussi aux directeurs administrant en son nom, il semble que ledit Ministre et soi-disant gouvernant n'ait plus qu'à aller se

coucher, après avoir seulement achevé de parler dans les dîners et
les banquets, les réceptions ou les soirées, les réunions diverses
de soir ou de nuit.

« Quand tout le monde, y compris le public, a ainsi de proche en
proche, parlé de tout ce qu'on aurait pu et de ce qu'on pourrait
faire si quelqu'un avait fait ou faisait quelque chose en quoi que
ce soit — que peut-il rester encore à dire ? — Tout, apparemment,
puisqu'on recommence le lendemain. Et que reste-t-il à faire
demain et après, hélas ? — Tout.

« Un mode de travail utile, voilà ce que les parlementaires eux-
mêmes arrivent à souhaiter pour eux. Une méthode d'action
positive et de politique pragmatique, voilà ce que le gouvernement
devra finir par pratiquer, même sous le règne de la parole parlée, et
en face de cette puissance de la parole écrite qu'on appelle la presse.

« C'est sans doute ce qui s'élabore confusément, sans même que
les intéressés s'en avisent. Il faudra bien que les conditions
nécessaires de gouvernement s'adaptent au régime non moins
nécessaire de liberté. N'est-ce pas dans notre pays, l'œuvre et
l'histoire du xix° siècle, en attendant le xx° ? »

A se rendre utile aux hommes, on risque de leur être odieux,
puisqu'il faut résister à leurs entraînements ; et pour leur être
agréable, il faudrait servir leurs penchants en desservant leurs
vrais intérêts — Fâcheux dilemne pour les hommes publics.

Dans le maniement des affaires et des services publics, quelle
manie de dévouement professionnel et d'abnégation idéaliste ne
faut-il pas pour soutenir énergiquement l'intérêt public à l'encontre
des intérêts privés !

Alors que l'intérêt public n'inspire généralement à ses partisans
qu'un amour platonique, c'est une passion âpre, un acharnement
sauvage que provoquent les intérêts privés parmi leurs sectateurs.

Si l'on réussit dans la lutte, on est jugé comme n'ayant fait que
son devoir, et on récolte peu d'amitiés, avec combien de jalousies
et quelles animosités ! Si l'on échoue, quels hurlements partout et
quels coups ! A moins qu'on ait trahi, et alors...

Pour qui, dans l'exercice de l'autorité, voudrait servir impuné-
ment des intérêts particuliers et desservir l'intérêt général, quoi
de plus simple ? Il suffirait de le soutenir maladroitement, violem-

ment même, de manière à perdre sa cause à force de combattre
pour elle.

Sauf les gens du métier doués d'une clairvoyance anormale,
tout le monde honorerait le combattant malheureux, à commencer
par les adversaires intéressés.

Rien ne plait aux habiles gens sans scrupule comme un honnête
maladroit. — « Voilà l'honnêteté », disent-ils, et ils se jugent
réhabilités.

***

Qui n'a pas tenu le pouvoir ou l'argent — cette représentation
universelle du pouvoir en espèces — ne sait véritablement pas ce
qu'est l'humanité. Mais celui qui l'a trop tenu ne la connaît pas
non plus. L'un n'a pas vu les appétits bas, et l'autre n'a vu
qu'eux.

***

Pour servir l'humanité, il faut vraiment aimer autre chose
qu'elle. Autrement, on serait bientôt dégoûté de son service.

***

Postérité, l'humanité, la série d'humanités imaginaires rêvées
par les auteurs et personnages, par les acteurs de ce monde : race
d'un âge d'or ultérieur ; public d'un paradis dont les dits acteurs,
personnages et auteurs seront les anges, les archanges ou les
dominations.

Sans doute, les génies de toutes les sociétés vivantes, mortes ou
à naître seront enfoncés dans l'oubli avant que cette postérité-là
se réalise. Mais son image aura servi à faire supporter les humanités et postérités réelles, qui se ressemblent encore tant, il faut
l'avouer, de siècle en siècle.

C'est avec sincérité parfaite, sans doute, que les générations qui
se remplacent changent de goût et d'erreurs. Celle qui juge en
dernier peut se faire ignorante et injuste à souhait, sans protesta-
tions des intéressés puisqu'ils sont morts.

Le secret de cette complaisante confiance des vivants dans la
postérité ne serait-il pas qu'ils entendent jouer eux-mêmes son
rôle à l'égard de tous ceux qui les ont précédés et par le souvenir
desquels ils n'entendent pas être gênés ? Comment être gêné, au
contraire, par des gens d'une espèce à venir ? Songez que nous
devons tout à nos devanciers, et que nous considérons nos suc-
cesseurs comme ayant tout à nous devoir.

Continuons donc ces tendresses et ce respect pieux à l'humanité

qui n'existe pas encore, pour nous en dispenser envers celle qui
existe ou qui a existé.

IX

« Le temps qu'il fait. » — Comment s'étonner que ce soit le
premier sujet et souvent le sujet unique des conversations ?
N'est-ce pas la grande affaire, l'affaire commune à tous, l'influence
toujours régnante sur tout ce qui végète et ce qui vit ?

Plantes nous sommes, d'abord ; animaux ensuite, hommes en
dernier comme nous pouvons. Aussi critiquons-nous invariablement le temps notre maître, bien qu'il vaille mieux sans doute
le prendre comme il est.

Si, comme l'on s'amuse toujours à le supposer, les bêtes
prenaient la parole, le premier usage qu'elles en feraient serait
de parler, comme nous, de la pluie et du beau temps. C'est même
ce que nous découvririons sûrement dans leur manière de
s'exprimer, si nous savions la saisir et la traduire.

Chaque jour, pour savoir ce que tu dois faire ou non,
demande-toi ce que tu seras content le lendemain d'avoir fait ou
de n'avoir pas fait la veille. Pour bien juger le présent, il faut le
mettre par avance au passé.

Que de gens ont toute leur vie à se débattre contre les
conséquences de ce qu'ils ont fait ou laissé faire pour le plaisir ou
l'intérêt d'un moment !

Pourquoi en toutes choses sait-on si peu supporter l'attente,
loin de savoir en jouir ? C'est dans l'espérance qu'aura bien
souvent consisté le plus clair des satisfactions désirées, et n'est-ce
pas dans l'attente qu'on a l'idée ou l'illusion de sa propre durée ?

A quoi se passe la vie, sinon à attendre, — à attendre que
n'importe quoi commence ou finisse ?

« La vie consiste dans l'action ? disait un pessimiste. Il faut
donc qu'on s'y sente obligé, et c'est alors subir plus qu'agir.

« Voyez les gens rassemblés, en promenade, en fête, au milieu
des événements les plus indifférents ou les plus décisifs. Que
font-ils tous, y compris les figurants, et sauf quelques acteurs en

scène! Immobiles ou agités, parlant, écoutant, regardant, critiquant même, ils attendent. Qu'attendent-ils ? Que ce soit fini, et peut-être eux avec.

« Oui, tout dans la vie consiste à attendre, à attendre que ce soit mort ou qu'on le soit. »

————

En principe, Dieu sait si les hommes sont ambitieux d'infini pour leur misérable individualité ! en fait, ils se rendent mieux justice, et le plus modeste indéfini leur suffit.

Supposez que disposant de l'avenir, vous puissiez dire à une personne de cinquante ans : « Vous vivrez encore 3o ans, 4 mois, 3 jours, 7 heures, 18 minutes 11 secondes 1/2. » — Elle tomberait dans la mélancolie et passerait probablement le reste de son existence à faire son compte de demi-secondes. Ce ne serait pas sa vie, mais sa mort qui durerait 3o ans, 4 mois, 3 jours et le reste.

Dites lui simplement qu'elle dépassera soixante-dix ans. Vous lui ferez tort peut-être de 10 années. Mais elle sera fort contente s'en ira se promener, rire ou médire du prochain, en pleine tranquillité d'âme.

————

A mesure qu'on avance dans la vie, on se croit dépouillé d'illusions parce qu'on en change.

————

Eh oui ! Les gens qui ont trop de temps sans emploi ne savent en trouver pour rien.

Leur temps est comme un terrain vague dont on ne voit pas la grandeur parce qu'il ne contient rien et n'est contenu en rien. Il faudrait le délimiter et le partager pour apprécier sa contenance. Enclos, il paraîtrait grand et l'on y trouverait place pour tout.

————

L'homme qui, dans l'inaction, regarde passer la vie est comme celui qui regarde couler la rivière, à l'endroit où il aime à venir s'asseoir.

Il lui semble qu'elle est toujours la même, lui aussi ; et c'est là son plaisir, dans l'illusion. Il n'est pas la rivière, hélas ! il est l'eau. Et soit qu'il se croit immobile ou non, sa vie de l'instant écoulé est déjà loin, comme l'eau qui glissait sous ses yeux. Avec elle a passé celui qui était assis là ; et il ne les retrouvera ni lui, ni elle.

————

Le manque d'argent et de temps, qui ne s'en plaint? Or c'est la plus sûre vertu de la plupart des gens, ainsi sauvés des entraînements auxquels ils s'abandonneraient s'ils en avaient « les moyens. »

D'ailleurs, quel être « a le temps » ? — Tout se hâte à sa fin. Par ses progrès même, l'homme accélère constamment ses mouvements. Et voyez ses plus infimes camarades de vie !

Ce pauvre insecte, à peine parvenu à son développement, quelle agitation pour préparer, avec l'éclosion de ses œufs, une descendance, une survivance qu'il ne connaîtra pas !

Où court-il, et pourquoi, — sinon parce qu'avec lui et en lui est tout ce qui a été avant lui et tout ce qui sera après ? A peine prend-il le temps de mourir, et avec quelle simplicité !

Mourir, périr, passer ou trépasser, — aller au-delà.

Posséder le temps ce serait l'arrêter. Quelle folie ! Non, personne n'a le temps de rien, si ce n'est d'avoir agi en passant.

A combien de gens on rendrait la force, le goût et le plaisir de vivre, si l'on pouvait leur donner pour quelques moments la certitude d'être incurablement menacés de mort, puis les remettre en sécurité entière !

Méthode d'hydrothérapie morale, qui ne serait certes pas moins utile que les douches.

« Ne pas paraître son âge », naïve ambition de tout le monde. Or, ce n'est guère qu'à nous-mêmes que nous pouvons ne pas paraître notre âge. Les autres ne nous regardent pas si souvent et avec les mêmes yeux. Ils voient les moindres changements.

Mais quel danger dans cette illusion personnelle, tout inoffensive qu'elle semble ! Car inconsciemment on agit selon l'âge qu'on croit paraître, et l'on ne trompe pas la nature, y compris la maladie.

Ayant donc fermé les yeux sur son avenir, comme sur son passé, on se laisse vivre dans le rêve présent ; et comme disait un romancier, quand on se réveille, on était mort.

Où trouver un enfant que ses parents ne déclarent pas avancé pour son âge ? Où trouver un vieillard qui ne croie pas ne pas paraître son âge ?

Même naïveté, avec effets renversés.

Que veut, en réalité l'homme, — y compris la femme, - qui se fait artificiellement jeune ? Ne plus savoir son âge ; et le pis est pour lui qu'il y réussit.

N'ayant pas voulu se voir à l'âge mûr, il se retrouve prématurément vieux. Et s'étant bouché les yeux, comment marcher droit aux tournants de la vie ? C'est dans le fossé qu'il se réveille, — ou dans la fosse.

———

Les personnes jeunes imaginent naïvement qu'à certain âge elles seront débarrassées de leurs défauts, et qu'ils seront usés, ne serait-ce qu'à force d'avoir servi. Quelle surprise, quand elles voient des défauts et à plus forte raison, des vices se prolonger chez les gens âgés ! La jeunesse ne devrait-elle pas en avoir le privilège ?

Hélas ! Combien de nos défauts ne meurent pas avant nous ! Comme la vermine, ils ne quittent que le cadavre.

———

Ne raillez pas les gens qui, n'étant plus jeunes, croient le redevenir par affection. Aimer, comme être aimé rajeunit ; et même âgé, comment ne pas se mettre de cœur à l'âge de ceux qu'on aime ?

De cœur, soit ; mais non de corps. Ce serait se vieillir.

———

Homme mûr, — comme fruit mûr, — expression admirable.

Bientôt, peut-être, il va tomber. Mais la somme d'être réalisée en lui et par lui reste acquise. Dans ce fruit qui redevient un germe, dans cette fin qui prépare un recommencement, se retrouvent les germes et les fruits antérieurs de l'espèce.

Qu'est-ce que la maturation et la maturité, sinon le résultat des longues saisons parcourues, des jours et des nuits amassés, de la chaleur et de la lumière absorbées, des efforts et du travail accumulés ? C'est l'immense passé qui se résume, et l'immense avenir qui s'élabore.

Comment voir en l'âge mûr une déchéance ? Comment la vie qui a rempli ses phases ne serait-elle pas grosse des vies ultérieures ? Et quel est ce mystérieux air de jeunesse qui passe sur le visage des morts ?

Fruit, semence.

———

Regardez cette grave chatte qui, redevenue mère, joue follement avec ses petits ; et ces parents, gens sérieux, blasés peut-être, qui reprennent le rire et le bégaiement avec leur dernier-né.

Créer rajeunit ; et la joie est l'expansion de l'Etre. Avoir enfant, nous rend enfants. C'est la récompense de la nature et de la vie à qui travaille pour elles.

———

Il y a des maladies et des infirmités qui sauvent en rappelant sans cesse la nécessité de vieillir avec la nécessité de se défendre pour vivre. Gare aux robustes ? Ils sont frappés par surprise.

La coquetterie des hommes d'âge devrait être de ne pas exalter le passé, de ne pas rabaisser le présent, et d'avoir foi dans l'avenir. Peut-être oublieraient-ils et feraient-ils même oublier qu'ils sont âgés. En tout cas, il ne se feraient pas aussi vieux que nombre de jeunes gens.

———

Comme c'est par le cœur que l'on vieillit, qui sait continuer d'aimer n'est jamais vieux. Mais encore faut-il qu'on aime de la façon qui convient à son âge. Car c'est pour son âge actuel, non pour son ancien âge, qu'on peut être et paraître encore jeune.

Qui se rajeunit faussement, ne parvient qu'à se faire vraiment vieux.

———

Une affection qui sait vieillir, beauté supérieure même à celle de la jeunesse aimante.

Pourquoi les vieillards sont-ils portés à l'égoïsme ? Serait-ce qu'ils ont vu beaucoup d'ingrats ? Serait-ce qu'ils ont perdu la plupart des êtres avec lesquels ils pouvaient ne pas se faire égoïstes ?

———

Si l'idée de fin ne gâtait pas l'âge de maturité, les années d'expérience, de souvenir, d'affection désintéressée, ne seraient-elles pas au moins aussi précieuses que les années d'incertitude, d'ambition, de passion exigeante où se consume la jeunesse ?

Que faut-il donc ? Donner l'espérance à la vieillesse, en lui montrant que rien ne finit.

———

Dans la vieillesse comme dans le froid, malheur à qui cesse de se mouvoir. Qui s'arrête s'endort pour ne plus se réveiller.

« Comment je trompe la mort ? disait un homme de grand âge et de grande activité ? En continuant de faire aujourd'hui ce que je faisais hier. Elle me croit toujours à la veille ».

———

Les gens âgés parlent toujours des illusions de la jeunesse, sous prétexte qu'ils les ont eues. Les jeunes gens n'ont pas le même avantage pour parler des illusions des personnes d'âge, et pourtant..... !

Selon les gens d'âge, la jeunesse a tout et ne sait jouir de rien. Prétendant n'avoir quasiment rien, qu'ils sachent donc jouir de tout.

La vérité est qu'à tout âge on ne s'aperçoit guère de ce que l'on possédait qu'après l'avoir perdu. Même inexpérience en la maturité qu'en la jeunesse. Il faudrait avoir été mort pour savoir vivre.

Si la nature doit nous faire apprendre et comprendre la vie, qu'elle nous en offre une deuxième édition, la première n'étant trop souvent qu'une indéchiffrable épreuve.

« Mon acte de naissance me vieillir ? Quelle erreur ! disait un homme d'âge. — Et d'abord, comment se croire changé sérieusement au cours de la vie ? On est trop changeant pour cela. Mais personne même ne l'admet.

« A peine au monde, on reçoit un nom et un prénom, qu'on gardera à jamais, même mort. Toujours on demeure né le même jour ; et depuis la première enfance, on a beau s'être senti mort dix fois ce qu'on était sauf à ressusciter autre, ou se trouve invariablement classé le même.

« N'est-ce pas d'ailleurs à partir de l'âge adulte qu'on se reste le plus ressemblant, ne serait-ce que par le souvenir qui perpétue ce qu'on était dans ce qu'on devient ? Combien de fois, dans de grandes joies ou de grandes douleurs, j'ai voulu croire que je n'étais plus le moi d'auparavant ! Tout le monde protestait, et je risquais de passer pour fou. Car qu'est-ce qu'un aliéné, sinon un individu qui ne se retrouve pas le même ?

« Je me reconnais donc condamné à mon identité et à perpétuité, et demander à la justice s'il est permis d'en changer ! Le même je me résignerai à me croire jusqu'à ma mort, et même après, puique j'ai passé le même à travers toutes ces existences qu'on appelle la vie ».

« Prodige et mystère effrayant la mémoire, surtout à mon âge disait un vieillard. Elle perpétue ou ressuscite ce que j'ai été dans ce que je deviens incessamment. Elle fait coexister mes phrases et

formes, mes incarnations et âmes successives, les divers vivants
que j'ai été ; et avec eux, en moi les autres vivants que j'ai connus,
même changés du tout au tout, absents à jamais, morts. C'est
autrefois, consistant et persistant en aujourd'hui, à travers les
années.

« Je revois donc tout, avec tout ce que je vois. Je me retrouve et
je retrouve aussi le reste, bien que m'étant perdu et l'ayant perdu.
Enfant, gamin, adolescent, jeune homme, adulte, homme mûr et
vieux homme ; — insexué, pubère, aimant, aimé, mari, veuf, père
et aïeul ; — débile, grandissant, vigoureux, malade, convalescent,
résistant, faiblissant et décroissant ; — insouciant, joyeux, rêveur,
agissant, confiant, éprouvé, heureux, infortuné, révolté, regrettant,
résigné, désespéré et espérant encore. Et avec toutes ces péripéties
de mon être, de mes êtres successifs réunis par le souvenir, les
êtres qui ont été associés au mien, unifiés par l'affection ou même
par la haine ; les objets inanimés, les phénomènes, les spectacles,
les événements qui ont coïncidé avec quoi que ce soit de moi, dont
j'ai eu et gardé la perception.

« Tout cela pouvant, non pas seulement renaître mais naître
pour la première fois à mesure que je vis comme se fait la lumière
sur le lointain lorsque paraît le soleil. En sorte que la connaissance
du passé, la conscience du présent, la pénétration de moi-même et
des autres puissent être dans les révélations de l'avenir, en avant
et non en arrière de temps, mais grâce au souvenir même.

« Ainsi semblent graduellement s'ouvrir la vie éternelle et la
vie universelle par recouvrance ou résurrection, par possession
simultanée des existences qui se succèdent à travers la durée et
qui s'unissent à travers l'espace.

« Quand l'homme aura étendu, multiplié, créé sa mémoire
sous tant de formes nouvelles, par fixation des images, des sons,
de toutes les perceptions de ses sens agrandis, en s'emparant de tous
les phénomènes et mouvements de la Nature comme des impressions et des pensées humaines (ce qu'il fait déjà par la photographie,
phonographie, cinématographie), rien ni personne ne sera plus
perdu, ne sera plus mort que ce que l'on voudra perdre de tout ce
qui vivra. »

« Je suis vieux ». — Cela se dit ; cela ne se pense pas. Être âgé,
passe encore : simple constatation d'un chiffre d'années qui ne fait
pas tort à la jeunesse relative. Mais vieux ? A peine l'admet-on un

instant si l'on se croit tout à fait à bas. Et l'instant d'après ne se
sent-on pas rajeuni ?

Vieillard, — mot généralement inusité par ceux auxquels il est
destiné et qui jamais n'est exact que pour autrui.

— « J'avoue, disait un octogénaire, que je ne suis pas encore
habitué à cette expression. La première fois qu'elle m'a été appli-
quée, — (c'était fort innocemment, par un passant), — je me suis
retourné pour voir de qui l'on parlait ; je n'ai pas manqué de me
regarder dans la première glace qui s'est présentée, et j'ai pensé :
— Ce sont mes névralgies d'hier. Demain, je serai bien plus jeune.
— « Je me sens d'ailleurs beaucoup moins âgé cette année que
l'année dernière. »

On plaisantait un ménage d'octogénaires sur l'achat qu'il venait
de faire d'une barrique de bon vin. — « Il est certain, dit la femme,
que nous ferions mieux d'économiser ». — « Bah ! reprit le bonhomme. c'est pour quand nous serons vieux ».

Le père du député L... avait l'âge du siècle : 99 ans. Une seule
infirmité, redoutable il est vrai, la cécité. Mais il voyait dans le
passé, même le présent ; il continuait de revoir les gens tels qu'il
les avait connus. Et de l'oreille, quelle mémoire !

Arrive un jour un ami absent depuis vingt ans, dont il ne pouvait
prévoir la visite, et qui l'interpelle sans se nommer. Sans un
instant d'hésitation, il lui répond en le saluant par son nom. Dans
la conversation qui suit, il parle d'un autre qui vient de mourir,
— très fatigué évidemment, — à 75 ans ; et il l'explique: « Il était
si vieux ! »

Mais, lui, lui le quasi-centenaire? — Il avait pu être vieux
naguère. C'était passé, maintenant. Tout passe. Et de toute façon
comment se serait-il vu vieillir ? Est-il même nécessaire d'être
aveugle pour ne pas se voir vieux ?

« Si je voudrais recommencer ma jeunesse? — disait un vieillard. — Ce serait monotone, et j'ai déjà tant fait les mêmes choses !
D'ailleurs, je referais peut-être pis.

« Une autre jeunesse, alors? Soit, mais en partant de ce que je
sais et de ce que je suis. Car pour refaire du vieux et changer de
sottises, à quoi bon ? Ressusciter ce qu'on était ? Idée de jeunes
gens. Renaître plutôt, donc mourir d'abord ».

Un jeune et violent idéaliste, causant avec un vieil homme d'expérience, fulminait contre les vilenies et les misères humaines. — « Décourageant, impardonnable, odieux, intolérable », telle était la litanie. — « Sans doute, répondait doucement le bonhomme, sans doute, si cela durait. Mais cela ne dure pas. Et alors c'est surtout bête, comme nous ».

_____

Toujours et en toutes choses on a la prétention d'arriver après l'action à un état, à un état stable, — force, santé, talent, réputation et le reste. Or rien n'est jamais fini d'être acquis, et tout est sans cesse à reconquérir.

Le plus pénible est que l'affection, comme le reste, subisse cette nécessité, même hors des vicissitudes de l'amour, entre proches et amis de vieille date.

Constamment il faut tenir les amitiés au chaud. Elles se refroidissent si vite ! On s'est quitté ne formant qu'une âme. On se retrouve entièrement séparés. Qu'a-t-il passé entre les deux ? Un temps insignifiant et quelques impressions insaisissables.

Prenons-en notre parti : Le tout de nous et des autres se défait et se refait sans relâche, et lorsqu'on n'a plus la force de recommencer...

_____

Toute la vie on apprend, on désapprend, on rapprend à vivre, et l'on meurt sans avoir su. N'est-on pas constamment nouveau pour soi-même ? Qui sait si ce n'est pas en mourant que l'on comprendra le plus important, et ne garde-t-on pas l'invincible idée qu'étant mort...?

_____

But, — point supposé fixe, qu'on aime à choisir lointain, inaccessible même, pour s'y appuyer les yeux et y attacher sa pensée, pour tendre ainsi ses muscles et ses facultés, pour traverser la vie sans faiblir et la mort sans s'en apercevoir.

Tu as atteint ton but, malheureux ? Hâte-toi d'en prendre un autre plus éloigné, car tu vas tomber.

_____

Le vrai livre, comme la vraie pièce de théâtre, comme la vraie vie et le vrai discours, est celui dont on dit, après une bonne durée : « Déjà fini ? » — En ce monde où choses et gens vont de plus en plus vite, tout ce qui ne semble pas trop court est déjà trop long.

_____

Pas assez longue l'existence ? — Trop longue pour tous ceux en qui elle se dégrade avant de finir. Combien ne sont sauvés que par leur mort des effets de leur tempérament, des conséquences de leur caractère et des suites de leurs actes! Car les fautes et les défauts s'adaptent à tout âge. C'est parfois en perdant la vie qu'on ne perd pas sa vie.

Si l'on sent trop passer le temps, on n'a le courage de « se mettre » à rien de sérieux, parce qu'on se trouve trop précaire. Et si l'on se met sérieusement à quelque chose, on ne sent plus passer le temps, parce que l'on se confond avec ce qu'on fait.

Quand on revient à soi et que l'on se ressaisit, on s'étonne de se retrouver soi-même, c'est-à-dire changé et vieilli.

A tout venant, que demande-t-on? — Comment il va. Que se demande un malade incurable? « Vais-je mieux? » — Et pourtant, chaque jour creuse sûrement le mal.

Que se répète le mourant jusqu'au dernier soupir, — surtout peut-être au dernier soupir, dans cet étrange apaisement précurseur de la fin? — « Cela va mieux ou va mieux aller. » — Et qui sait? N'est-il pas au bord de l'au-delà?

« Aller mieux, » effort de tout ce qui va: espoir, illusion, consolation, prescience peut-être de tout ce qui vit.

L'homme commencera peut-être à comprendre son individualité, son espèce et sa vie, lorsqu'on fera des séries d'*instantanés* de lui, permettant de le reproduire, résumer et faire passer devant lui-même au cinématographe, en cinq minutes, depuis sa naissance jusqu'à l'heure présente. Double moyen de réfléchir en se réfléchissant soi-même.

Pour son édification complète, il faudrait même que cette heure présente fût sa dernière heure. Mais la leçon serait un peu tardive, bien qu'il convienne de s'instruire jusqu'au bout et que nombre de choses puissent n'apparaître qu'au bout. (D'où la perspective même et l'idée logique d'une suite...).

Tant qu'il reste du bien à faire et du mal à réparer, il y a intérêt à la vie et devoir à vivre.

Il y en a donc toujours.

Au comble du bonheur, quelle impression a-t-on? — « C'est maintenant qu'il faudrait mourir! »

La mort ne serait-elle donc que la suprême réalisation de la vie?

Vraiment bien employé, le temps ne laisse pas une impression de regret, c'est-à-dire de perte. Il représente de la besogne accomplie, non des forces perdues; et bien que nous gardions moins d'instants à vivre, c'est un accroissement, non une diminution de vie que nous ressentons.

Ainsi l'existence se révèle comme la simple durée. la réalisation de certaines conditions et phases d'Être, dans un plan général dont une infime partie nous apparaît et dont l'ensemble se continue au-delà de tout ce que nous avons perçu de nous-mêmes et du reste.

Si l'on a bien vécu, on doit arriver à l'au-delà non pas ruiné, mais riche de vie amassée. — « Plein de jours, plein de vie ; » — admirables expressions pour définir l'état de l'être qui a pu accomplir ses évolutions. Fruit mûr de l'existence terrestre, mûr pour quelle autre ?

AUXERRE. — IMPRIMERIE ALBERT LANIER, RUE DE PARIS, 43.